ein Ullstein B

ÜBER DAS BUCH:

In diesen 21 Geschichten, von Christine Brückner *Überlebensgeschichten* genannt, hält die Autorin sich an die Realität. Sie schreibt als Augenzeugin und als Zeitgenossin und in einigen Fällen als Freundin. Ihre Absicht ist es aufzuzeigen, wie schwer es – vor allem im Dritten Reich – war: zu überleben. Alle Personen tragen das besondere Kennzeichen »deutsch« mit sich herum; den Widerständen zum Trotz haben sie etwas aus ihrem Leben gemacht. Es geht quer durch die Altersstufen, quer durch die sozialen Schichten: ein Lehrer, ein Unternehmer, ein jüdischer Emigrant, ein Arbeiter, eine Frauenreferentin, eine Schülerin, ein jordanischer Gastarbeiter. Die Autorin schreibt, wie das ist, wenn man – wie sie selbst – einen Autounfall überlebt.
Die Erzählform wechselt: Christine Brückner benutzt die Reportage, die Montage, die klassische Erzählung, den Fragebogen, die Ballade.

DIE AUTORIN:

Christine Brückner, 1921 in einem waldeckschen Pfarrhaus geboren. Abitur, fünf Jahre Kriegseinsatz, Studium. Häufiger Orts- und Berufswechsel. Halle/Saale, Marburg, Nürnberg, Stuttgart, Krefeld, Düsseldorf u. a. 1954 erhielt sie für ihren ersten Roman, *Ehe die Spuren verwehen*, den ersten Preis in einem Romanwettbewerb, seither ist sie eine haupt- und freiberufliche Schriftstellerin. Von 1980–1984 war sie Vizepräsidentin des deutschen PEN; 1982 wurde sie mit der Goethe-Plakette des Landes Hessen ausgezeichnet. 1985 stiftete sie zusammen mit O. H. Kühner den »Kasseler Literaturpreis für grotesken Humor«. Sie schreibt Romane, Erzählungen, Kommentare, Essays, Schauspiele, auch Jugend- und Bilderbücher.

Christine Brückner

Überlebensgeschichten

Mit einem Nachwort von Hans Weigel

ein Ullstein Buch

ein Ullstein Buch
Nr. 22463
im Verlag Ullstein GmbH,
Frankfurt/M - Berlin

Ungekürzte Ausgabe

Umschlagentwurf:
Hansbernd Lindemann

Printed in Germany 1992
Gesamtherstellung:
Ebner Ulm
ISBN 3 548 22463 6

13. Auflage Februar 1992

Von derselben Autorin
in der Reihe der
Ullstein Bücher:

Ehe die Spuren verwehen (22436)
Ein Frühling im Tessin (22557)
Die Zeit danach (22631)
Letztes Jahr auf Ischia (22734)
Die Zeit der Leoniden
(Der Kokon) (22887)
Wie Sommer und Winter (22826)
Das glückliche Buch der a. p. (22835)
Die Mädchen aus meiner Klasse (22569)
Jauche und Levkojen (20077)
Nirgendwo ist Poenichen (20181)
Das eine sein, das andere lieben (20379)
Mein schwarzes Sofa (20500)
Lachen, um nicht zu weinen (20563)
Wenn du geredet hättest, Desdemona
(20623)
Die Quints (20951)
Hat der Mensch Wurzeln? (20979)
Kleine Spiele für große Leute (22334)
Alexander der Kleine (22406)
Die letzte Strophe (22635)
Was ist schon ein Jahr (40029)

Zusammen mit Otto Heinrich Kühner:

Erfahren und erwandert (20195)
Deine Bilder - Meine Worte (22257)

Die Deutsche Bibliothek -
CIP-Einheitsaufnahme

Brückner, Christine:
Überlebensgeschichten / Christine
Brückner. Mit einem Nachw. von Hans
Weigel. - Ungekürzte Ausg., 13. Aufl. -
Frankfurt/M; Berlin: Ullstein, 1992
(Ullstein-Buch; Nr. 22463)
ISBN 3-548-22463-6
NE: Brückner, Christine: [Sammlung]; GT

Inhalt

»Grundsatz: zuerst nach dem suchen,
was jeder Mensch an Wertvollem in sich trägt.«
Albert Camus: Tagebücher

Zeitgeschichte wird zur Lebensgeschichte des Einzelnen. Lebensgeschichte im Dritten Reich, das hieß: Überlebensgeschichte. Hitler, der Weichensteller unzähliger Schicksale; seine Hinterlassenschaft: Emigranten, Vertriebene, Witwen, Heimkehrer, Waisen, Ausgebombte, alle mit dem besonderen Kennzeichen ›deutsch‹, alle aus ihrer Bahn geworfen.

Der Schriftsteller, das Gedächtnis der Nation, hat das Amt des Chronisten; dabei ist es sein Recht, sich seinen Gegenstand auszuwählen, hier: den Menschen vor dem Menschen in Schutz zu nehmen, mildernde Umstände geltend zu machen; subjektiv, auch wenn die Berichte authentisch sind. Es wäre unmenschlich, sachlich über Menschen zu schreiben.

Es ist immer auch das Schicksal derer gemeint, die nicht überlebten, die nichts verwirklichen konnten.

c.b.

Ein Dutzend Jahre sind vergangen, seit ich diese Überlebensgeschichten geschrieben habe. Wahre Geschichten. Zwischen den Seiten meines Buchexemplars liegt eine Todesanzeige. Der Unternehmer-Freund ist tot, aber sein Unternehmen lebt weiter. Jeanette ist erwachsen, sie hat geheiratet, sie lebt mit Büchern, ihre Träume haben sich erfüllt. Weiterhin führen wir Sonntagsgespräche mit dem Maler-Freund am Telefon, er schickt noch immer seine Weihnachtsbotschaften in Form kleiner farbiger Radierungen in die Welt: ein Fest für die Augen! Der Briefwechsel mit ›Lewan‹ ist nicht abgerissen; er wird nun neunzig Jahre alt, und sein Werk ›Genie und Eros‹ erreicht in Japan hohe Auflagen: Wiedergutmachung. Der Pfarrer des Jahrgangs 1921 wird jetzt pensioniert, ein Pfarrer i.R., in Ruf- und in Reichweite. Die Witwe des Lehrers hat sich wieder verheiratet. Die Praxis von Dr. med. Anna K. hat sich verkleinert, das Repertoire der Sängerin Elisabeth Christine hat sich geändert, sie sitzt jetzt oft im Konzertsaal, und der Sohn spielt die Geige. Als ich Karim, den Deutsch-Palästinenser, kürzlich traf, hat er nicht gesagt: Alles geht gut.

Das Leben geht weiter, Sprichwörter haben recht. Das Ende von wahren Geschichten ist offen. Für jemanden, der seine Geschichten zu erfinden pflegt, ist das eine neue Erfahrung.

c.b.
1986

Dr. med. Anna K., alle Kassen

Wir haben musiziert, wir haben miteinander gegessen und getrunken, sind heiter. Wir: langjährige Freunde, die den Heiligen Abend zusammen verbringen, darunter auch Anna K., unsere Ärztin, natürlich sagen wir ›unsere‹, bei Hausärzten ist das üblich, besitzergreifend. Wir stellen Ansprüche an sie, bei Tag und bei Nacht, die Heilige Nacht nicht ausgenommen. Neben ihrem Sessel steht ein tragbares Funkgerät mit Sprechverkehr zur Zentrale des ärztlichen Bereitschaftsdienstes; fünf Kilometer Reichweite im Umkreis, aus dem sie sich nicht entfernen darf. Die jungen Kollegen laufen Ski in den Bergen, den Familienvätern kann ärztlicher Bereitschaftsdienst an Weihnachtstagen nicht zugemutet werden.

Es wird noch eine Telemann-Sonate gespielt. Dann hebt der Cellist das Glas, richtet das Wort an Anna K.: »Sie müßten heute abend ohne mich Weihnachten feiern, das Cello wäre unbesetzt, hätte es vor fünfzig Jahren schon die Pille gegeben, ich war das fünfte Kind, ein Inflationskind, eine Katastrophe!« Der, der die Geige spielt, sagt: »Wir waren zu Hause vier Söhne, ich stelle den letzten Versuch zu einer Tochter dar, meine Existenz wäre bei heutigen Möglichkeiten zumindest fraglich.« Ich sage: »Meine Mutter war bei meiner Geburt bereits fünfundvierzig Jahre alt, außerdem leidend, der Hausarzt war entsetzt, als er von der späten Schwangerschaft erfuhr.« Anna K., die das Cembalo gespielt hat, sagt: »Wir waren zwölf Kinder. Ich war das elfte!«

Anna K., Jahrgang 1910, das elfte von zwölf Kindern. Der Vater mittlerer Beamter, Oberinspektor am Ende seiner Laufbahn, gewissenhaft, fleißig, auch ehrgeizig. Die Mutter ebenfalls fleißig und praktisch; sie kann haushalten, aber sie altert vorzeitig. Jedes Kind zehrt an ihren Kräften, die, die am Leben bleiben, mehr noch die, die früh sterben, das sind zwei. Die Mutter sorgt für Essen und Kleidung, der Vater besorgt die Erziehung. Er bringt den Kindern Tischsitten bei, er bestimmt, was sie lesen. Bei jeder Mondfinsternis holt er sie aus den Betten, gleichgültig wie alt sie sind, Jungen und Mädchen. Jeder Spaziergang wird zum Naturkundeunterricht. Eines vor allem bringt er seinen Kindern bei: Im Leben bleiben die meisten Wünsche unerfüllt.

Jedes Kind erlernt ein Musikinstrument; vom siebten Lebensjahr an spielt Anna Klavier. Zunächst, weil man es von ihr verlangt, später aus eigenem Verlangen. Sie besucht eine Mädchenschule bis zur mittleren Reife, wird als Kindergärtnerin ausgebildet, dann auf eine Haushaltungsschule geschickt. Für ein Mädchen ist das genug an Ausbildung: Sie führt den elterlichen Haushalt. Zur Vorbereitung auf ihre späteren Aufgaben als Hausfrau und Mutter gehört auch, daß sie eine Weile von zu Hause weg sein muß. Sie übernimmt auf einem mecklenburgischen Gut die Betreuung und Erziehung von vier Kindern. Dort lernt sie ihren späteren Mann kennen: Felix K., der Eleve, der einmal den elterlichen Hof in Holstein übernehmen wird. Bis dahin ein Lebenslauf wie aus dem 19. Jahrhundert: Der Eleve verliebt sich in die Kindergärtnerin. Als ihre Mutter erkrankt, muß Anna nach Hause zurückkehren. Die beiden sehen sich selten, von gemeinsamen Ferien ist nicht einmal die Rede, sie schreiben sich Briefe. Wartezeit. Sie verloben sich 1937, aber die Hochzeit wird hinausgeschoben, weil die Erbfolge noch nicht geregelt ist.

1939: Der Verlobte nimmt am Polenfeldzug teil. Weihnachten ist der Krieg nicht zu Ende, wie Hitler es versprochen hat. Es ist besser, wenn man nun nicht länger mit der Heirat wartet. Felix reicht Heiratsurlaub ein, der Hochzeitstag wird festgesetzt, die Gäste werden geladen. Es ist Januar, jener erste strenge Kriegswinter. Standesamtliche Trauung. Am nächsten Tag soll die kirchliche Trauung vollzogen werden. Die Gäste treffen ein, das Hochzeitsessen ist gerichtet, Brautkleid und Schleier liegen bereit, der Brautstrauß wird ins Haus geliefert. Da kommt das Telegramm: Zurück zur Truppe, unverzüglich. Der Pfarrer traut das Paar um Mitternacht in seinem Amtszimmer, anschließend bringt Anna ihren Mann zur Bahn. Sie packt Brautkleid und Schleier unbenutzt in eine Schachtel.

Feldpostbriefe an Feldpostnummern, Feldpostpäckchen zu fünfhundert Gramm. Anna K. wird kriegsdienstverpflichtet. Felix kommt auf Urlaub, einmal aus dem Westen, später noch einmal aus dem Osten. Er gehört zur Heeresgruppe Süd, Infanterie, inzwischen Leutnant der Reserve, zuletzt liegt er vor Sewastopol. In seinen Briefen schreibt er vom Frühling und von der Schönheit der Krim. An den Abenden besetzt Anna nach den Angaben des Wehrmachtsberichtes Rußland mit bunten Stecknadeln. Der Feldzug der Frauen. Im Mai tritt sie eine Dienstreise nach München an. Als sie ihren Koffer aus dem Gepäcknetz holt, fällt ein Sonnenstrahl auf ihre rechte Hand, trifft den Ring und verdoppelt ihn. Das erste Zeichen. Bis jetzt hat sie jeden Gedanken daran, daß ihr Mann fallen könnte, mit der Eigensucht der Liebenden abgewiesen. Als sie nach Hause zurückkehrt, drei Tage später, und ihren Koffer durch die verdunkelte Bahnhofshalle trägt, denkt sie: Du wirst ein Leben lang deinen Koffer allein tragen müssen, nie wird dir jemand helfen. Aber zu Hause hält ihr die Mutter zwei Briefe hin, sie sind mehrere Wochen alt, und Anna traut ihren Augen nicht, es ist Felix' Handschrift, wieder schreibt er vom Frühling auf der Krim. Dann wird sie eines Nachts wach: Wenn er nicht wiederkommt, was wird dann aus mir? Soll sie zu Hause bleiben? Soll sie auf das Gut der Schwiegereltern ziehen? Als Witwe? Was hat sie gelernt? Kindergärtnerin. Jugendleiterin? Oder Lehrerin? Keine eigenen Kinder, statt dessen fremde? Klavierlehrerin? Dahms Klavierschule ein Leben lang . . .

Am Morgen ist der Entschluß gefaßt: Ärztin, sie muß Ärztin werden! Das bedeutet, daß sie Abitur machen muß, großes Latinum, scribo, scribis, scribere, scripsi, scriptum, fünf Brüder haben vor ihren Ohren lateinische Verben gepaukt. Niemals bis zu dieser Nacht hat es ein Anzeichen dafür gegeben, daß sie sich für Medizin interessierte, eher eine Abneigung gegen Krankheiten.

1. Juni – 4. Juli 1942
Der 1941 stehengebliebene Brückenkopf Sewastopol wird von Deutschen und Rumänen unter Führung des Generaloberst (späteren Generalfeldmarschall) Manstein eingedrückt und die Festung Sewastopol in stark zerstörtem Zustand eingenommen. Damit ist die ganze Krim in deutscher Hand, doch halten sich im Jalta-Gebiet Partisanen.

Fünf Zeilen im Ploetz ›Auszug aus der Geschichte‹. Jener Abschnitt Weltgeschichte, der die Lebensgeschichte der Anna K. bestimmt hat. Der nächste Brief trägt eine fremde Handschrift.

Der Pfarrer, der sie getraut hat, macht einen Besuch. Auch zu ihm sagt sie: Ich muß das Abitur machen, ich muß studieren, ich muß Ärztin werden. Nicht von Wollen ist die Rede, nur von Müssen. Kein Aufschub, keine Familienberatung. Von nun an entscheidet sie selbst; das Ziel fest im Auge und auch den Weg, auf dem sie es erreichen wird. Niemals ein Zweifel daran, daß beides für sie nun festgelegt ist.

Anna K. war 33 Jahre alt, als sie wieder zur Schule ging. Seitdem kenne ich sie. Ein Augenzeuge dieses Lebens. In dem gemeinsamen Schuljahr habe ich sie niemals lachen sehen, auch nicht weinen. Hätte sie das eine getan, wäre das andere unausbleiblich gewesen. Sie trug Schwarz, eine Tarnfarbe, so stand sie auf dem Schulhof zwischen den uniformierten Schülerinnen, wenn die Hakenkreuzfahne gehißt wurde. Mit ihr drang der Krieg in diese Mädchenschule, in der man großdeutsche Geschichte lehrte. Die Kriegerwitwe Anna K. war eine Zumutung für die Klasse und für die Lehrkäfte. Wir machten oft zusammen Schularbeiten; wirklich wahrgenommen hat sie mich nicht.

In den Weihnachtsferien fuhr sie zu den Schwiegereltern, ihr Mann war damals seit einem halben Jahr tot. Der Schwager im Krieg, die Knechte im Krieg. Der Unterschied zwischen Fortsein an der Front und Fortsein im Tod war kaum wahrnehmbar, einer ist endgültig fort, gültig, endgültig. Erst sehr viel später hat sie geweint, als sie nicht mehr um sich selbst, sondern um ihn weint.

Nachhilfeunterricht in Mathematik, Latein, Englisch, Französisch, sie hat keine Zeit zu verlieren, immer ein Vokabelheft in der Tasche, auf dem Schulweg, im Luftschutzkeller. Bombenangriffe, nachts, tags, dann einer, bei dem unsere Stadt zu siebzig Prozent zerstört wurde. Das Schulgebäude nicht mehr aufzufinden, Annas Elternhaus zerbombt, die Hälfte der Hausbewohner getötet, die alten Eltern verwundet, von nun an ohne Besitz. Evakuierung in eine Kleinstadt, die Eltern sterben rasch nacheinander, dann wird sie selbst krank, todkrank. Zwischen Ohnmacht und Narkose hört sie die Stimme des Arztes: Schade um die Frau! Blinddarmdurchbruch, Vereiterung der Bauchhöhle. Aber sie überlebt. In einer anderen Stadt, an einem fremden Gymnasium treffen wir uns zur Reifeprüfung wieder. Das Pensum von drei Schuljahren hat sie in einem einzigen Jahr geschafft.

Der Krieg geht zu Ende. Ein Jahr später kann sie mit dem Studium beginnen, in der Zwischenzeit hat sie als Helferin in einem Lazarett gearbeitet. Universität: Sie greift ihre Ersparnisse an, wohnt bei Freunden, die Schwiegereltern schicken Lebensmittelpakete. Sie trägt immer noch Schwarz, weil sie keine anderen Kleider besitzt. Physiologie, Histologie, Anatomie, mit zwanzig lernt man leichter als mit siebenunddreißig. Präpariersaal.

Währungsreform, kein eigenes Geld mehr. Sie wird abhängig von den Brüdern, die sie mit Fünfzigmarkscheinen unterstützen. Sie muß lernen zu danken. Die Brüder sehen in ihr noch immer die kleine Schwester, die den Haushalt führt und hübsch Klavier spielt. Die Veränderungen haben sie noch nicht wahrgenommen.

Staatsexamen. Wieder ist eine Hürde genommen. Die Brüder stellen die Zuschüsse ein, aber noch ist die Doktorarbeit nicht abgeschlossen. Pflichtassistentenzeit an einer großen städtischen Klinik. Anna K. lebt von der Rente, die sie als Kriegerwitwe erhält, monatlich vierzig Mark. Davon bezahlt sie ihr neun Quadratmeter großes Leerzimmer, Heizung, Schuhsohlen, Straßenbahnfahrkarten; das Essen erhält sie in der Klinik. Ein namhafter Internist erklärt sich bereit, sie als Gastärztin auf seiner Station arbeiten zu lassen, ohne Vergütung. Sie braucht Erfahrungen an Krankenbetten, einzig darauf kommt es an, weiterhin vierzig Mark im Monat, Essen aus der Diätküche, salzfrei – hinter verschlossener Tür, es ist nicht gestattet, daß eine Gastärztin in der Klinik Essen erhält.

Arztvertretungen auf dem Land. Bei jedem Wetter ist sie mit dem Fahrrad unterwegs, die Gegend ist bergig, die Dörfer liegen weit auseinander. Sie erhält zehn Mark Honorar für den Tag. Man holt sie sonntags, oft nur wegen Nichtigkeiten. Eines Abends ruft man sie bei Regen und böigem Herbstwind auf einen abgelegenen Bauernhof. Die Bäuerin hat ›manchmal so ein Ziehen in der Schulter‹ und muß aufstoßen, wenn sie fett gegessen hat. Dr. med. Anna K. verschreibt ein Einreibemittel und eine Verdauungshilfe. Als sie gehen will, sagt die Bäuerin befriedigt: »Nun hon' ich Sä doch auch alsmol gesehn.« Ärzte haben einen Dienstleistungsberuf.

Sie übernimmt die Vertretung eines erkrankten Landarztes, wohnt im Haus, wird dort auch verpflegt. Die Praxis ist groß, ohne Auto ist sie nicht zu versorgen. Ein Fahrlehrer begleitet sie bei den Hausbesuchen in den Nachbardörfern. Schnee, Glatteis, keine Winterreifen. Unter erschwerten Bedingungen erwirbt sie den Führerschein. Nach dem Tod des Arztes könnte sie seine Praxis übernehmen, aber sie hat erkannt, daß eine Landpraxis besser von einem Mann besorgt wird, den eine Ehefrau mit Glühwein erwartet, wenn er von einem Nachtbesuch zurückkehrt.

Sie ist 45 Jahre alt, als sie in ihrer Heimatstadt die Zulassung erhält. Dr. med. Anna K., praktische Ärztin. Sie trägt das Schild uneingewickelt unterm Arm nach Hause, einer der großen Augenblicke dieses Lebens.

Die Geschwister geben kleine Kredite und Ratschläge, Freunde helfen mit Möbeln aus, sie mietet eine Parterrewohnung. Das Wartezimmer ist zugleich auch Wohnzimmer. Sie kauft eine Leinendecke und Garn, um zu sticken, während sie auf Patienten wartet. Die Decke ist bis heute nicht fertig geworden. Sie kauft ein Auto aus dritter, wenn nicht vierter Hand.

Fünfzehn Jahre sind seither vergangen. Inzwischen versorgt sie eine große Praxis, bewohnt eine große Wohnung, fährt einen großen Wagen. Sie macht viele Hausbesuche, da viele ihrer Patienten alt sind. Sie kommt auch nachts, wenn man sie ruft. Nur selten wird ihr Telefon auf den automatischen Auftragsdienst umgestellt. Sie erwartet, daß man sie nur in Notfällen bittet. Sie ißt und trinkt mäßig, kleidet sich der Jahreszeit entsprechend, trainiert ihr Herz durch tägliches Treppensteigen bei den Hausbesuchen. Sie lebt vernünftig und erwartet Vernunft, viele Krankheiten sind selbstverschuldete Krankheiten. Bei einem Raucherkatarrh, bei Gallenkoliken nach unmäßigem Essen, bei Alkoholmißbrauch kann man mit ihrer Hilfe, aber nicht mit ihrem Verständnis rechnen. Sie muß sich oft zu Geduld und Nachsicht zwingen. Sie war nie nachsichtig mit sich selbst.

Sie verdient gut, obwohl sie sich an die untere Grenze der Gebührenordnung hält. Die erste Anschaffung war ein Konzertflügel, später kam noch ein Cembalo hinzu. Anna K. hat Freude an schönen Dingen, an Teppichen, Bildern. Sie hat etwas vorzuweisen, wenn Brüder und Schwägerinnen sie besuchen. Sie erzählt gern von jenen schlechten Jahren nach dem Krieg, wenn sich die Freunde zusammenfanden, um zu musizieren. Sie kamen von weither und brachten ein Brikett mit und Lebensmittel, die man allesamt in einen großen Kochtopf tat. Dann wurde musiziert, und ab und zu hat einer umgerührt. Nach Stunden war der Eintopf fertig und der Mozart einstudiert. Große Zeiten für Mozart! Bei den Hauskonzerten, die sie veranstaltet, wird auch heute noch zuerst musiziert und erst dann gegessen und getrunken.

Abends spät oder sonntags geht sie manchmal in die Küche und kocht Marmelade oder Gelees nach Gutsherrinnenart. Relikte aus einem Leben, das sie nie hat führen können. Die beiden Sprechstundenhilfen, der Lehrling und die Frau, die den Haushalt besorgt, essen mit bei Tisch, auch das nach Gutsherrinnenart. Sie hat ihr Leben durch Arbeit abgesichert, durch Freunde, durch Musik. Aber abends, wenn sie erschöpft zurückkommt, ist die Wohnung leer. Zwei Ringe am Finger und niemand neben ihr, der ihr den Koffer trägt, so, wie sie es vorausgesehen hatte.

Sie nimmt an medizinischen Kongressen und Wochenendtagungen teil; ihr Labor ist modern und gut eingerichtet, aber dort wird wenig entdeckt, was sie nicht zuvor schon wahrgenommen hätte. Sie kennt nicht nur ihre Patienten, sie kennt auch die Familien: eine Hausärztin, die spürt, was einen Menschen krank machen kann.

Vor kurzem haben wir ihren sechzigsten Geburtstag gefeiert. Ich habe sie nie vorher so jung, heiter und hell gesehen. Andere Frauen denken dann an Pensionierung und Ruhestand, bei Anna K. ist davon nicht die Rede. Sie lebt gern und arbeitet gern. So oft wie möglich fährt sie auf das Gut der Schwiegereltern, das längst von einer neuen Generation bewirtschaftet wird. Die Bindung zur Familie ihres Mannes ist nicht abgerissen. Sie hat den Platz, der für sie bestimmt schien, immer vor Augen, er wird von ihrer Schwägerin eingenommen. Die Frauen mögen sich, eine erkennt die andere an. Wenn eine Nichte oder ein Großneffe heiratet, dann fragt man sie manchmal, ob sie nie an eine neue Heirat gedacht habe. Sie sagt dann immer: Ich bin gut verheiratet, mit meinem Beruf.

Mit Vorliebe spielt sie Bach. Seine Fugen vor allem. Eigene Spannungen und Probleme lösen sich dabei, sie fügt sich der Logik des Kontrapunkts. Fuge – sich fügen. Mit Musik-hören ist es nicht getan, selber muß sie spielen.

Wir kennen uns nun fast dreißig Jahre, wir stehen uns nahe. Sie spricht jetzt häufiger als früher von ihrem Mann. Mein Mann, sagt sie, nie mein gefallener oder mein verstorbener Mann. Sie läßt ihn weiterleben. Sie hat ihm ein Stück Unsterblichkeit verschafft.

Lewan, sieh zu!

Er sucht den jüdischen Friedhof in K. auf; die Gräber sind eingesät, der Friedhof wird von der Stadt in Ordnung gehalten. Blumen wären ihm lieber, aber er kann sich die Kosten für den Gärtner nicht leisten. Das Postscheckkonto, das er noch lange Zeit in der Bundesrepublik unterhielt, wurde inzwischen wegen Geringfügigkeit aufgelöst. Der Regen hat die Grabinschrift ausgewaschen. Mit Pinsel und Farbe zieht er Namen und Daten nach. Jacob L., 1860 – 1936, sein Vater; gestorben und begraben in K. Sieben weitere Gräber und eine Gedenktafel für Lina L.-Mecca, geb. 2. 2. 1875, und Hans L., geb. 10. 2. 1911; beide umgekommen in Polen: die Mutter und der jüngere Bruder. Die hebräischen Inschriften auf der Rückseite der Grabsteine kann er nicht lesen.

Louis L. (siehe auch Großer Brockhaus, 1932: L., Louis, Komponist, geb. in Wreschen bei Posen, 3. April 1821, gest. in Berlin, 4. Febr. 1894, daselbst seit 1840 Dirigent des Synagogenchores, seit 1866 Dirigent der Neuen Synagoge, erneuert den jüd. Tempelgesang durch Zurückgreifen auf die altjüdisch synagogalen Melodien. Er komponierte Orchester-, Kammermusik- und Chorwerke und vor allem Musik für den Gottesdienst), Louis L. war 1840 aus Polen aufgebrochen und nach Westen gezogen in das liberale Preußen. Hundert Jahre später endet die Geschichte der Familie L. in einem Vernichtungslager in Polen.

Am 12. November 1944 schrieb er aus einem Internierungslager an Hermann Hesse: »Es ist eines der Hindernisse in meinem religiösen Fühlen, daß ich nicht über die Tatsache hinwegkomme, daß die Gottheit die Menschen hätte glücklich machen können und daß sie es nicht getan hat. Einen Hund könnte dieser Weltzustand rühren – und einen Gott rührt er nicht?« Kurz bevor er das schrieb, hatte er einem lungenkranken Missionar, der nicht in Afrika wirken konnte, erlaubt, ihn zu missionieren. In einem Spital im unbesetzten Frankreich. Die Männer blieben sich in Freundschaft zugetan.

Sein Vater hatte in den Gründerjahren eine Wollwäscherei gegründet. Er lebte in K., besaß aber einen Paß der freien Hansestadt Hamburg, worauf er sein Leben lang stolz war. Ein wohlhabender, freiheitlich denkender Mann, der auf Anpassung bedacht war. Er ließ seinen Sohn am christlichen Religionsunterricht teilnehmen, man lebte in einem christlichen Land. L. liebt vor allem die Auswirkungen des christlichen Glaubens: in der Musik, in der Baukunst, der Malerei, der Dichtung.

Er reist ohne Gepäck. Pantoffeln, Waschzeug, mehr ist nicht nötig. Bedürfnislos, nicht arm. Ein Gast mit der Fähigkeit, sich unsichtbar zu machen. Er wird zur Buchmesse nach Frankfurt weiterreisen. Da werden sie sagen: Der alte Lewan! Lebt der denn noch?

K. ist seine Geburtstadt; er hat einst hier das humanistische Gymnasium bis zum Abitur besucht. Dort, wo sein Elternhaus stand, befindet sich heute eine Tankstelle. Schule, Theater, nichts steht mehr dort, wo es einmal stand. Die Stadt hat bei Luftangriffen schwer gelitten. Man hat ihm nach Kriegsende angeboten, das ererbte Grundstück gegen lebenslängliches Wohnrecht in einer Wohnsiedlung einzutauschen, aber er wollte nicht nach Deutschland zurückkehren.

Wiedergutmachung im Verhältnis zehn zu eins.

»Musique à Grandpapa«, sagen die Enkel, wenn er Opern von Wagner oder Strauss hört. In seiner Familie spricht keiner mehr deutsch.

Wir sehen im Fernsehen ein Stück von Arthur Schnitzler. Er sagt anschließend: »Warum bringen sie nicht das ›Abschiedssouper‹ von Schnitzler? Dasselbe Thema! Aber heiter abgehandelt!«

Nach seiner Ansicht kann man Kriege nur noch aus der Sicht eines Schwejk, eines Jacobowski darstellen.

Einer der Schauplätze seines Lebens: Soprano bei Solgio im Bergell. Das Vale Bergella zieht sich von Ost nach West durch die schweizerischen Alpen. Monatelang erreicht die Sonne die Talsohle nicht. Die Internierten steigen von Oktober bis März an jedem Tag so weit den Berg hinauf, bis sie die Sonne erreicht haben. Schneegrenze, Baumgrenze, Sonnengrenze.

Er lobt die Schweizer, sie waren seine Gastgeber; seit 1966 besitzt er einen schweizerischen Paß. Man läßt ihn in Frieden leben, etwas anderes erwartet er nicht. An geistigen Fähigkeiten ist man weniger interessiert; wichtig ist, daß er dem Staat nicht zur Last fällt. Sein Geld bekommt er aus der Bundesrepublik. Eine ›Rente für Schaden im Beruf‹, die ihm ein Dokument verschafft hat, das die Unterschrift des Josef Goebbels trägt; es besagt, daß der Verlag, den Dr. L. in den dreißiger Jahren von Holland aus leitete, im Handelsregister gelöscht sei. Sechshundert Mark monatlich zuerst, jetzt etwas mehr als tausend Mark; davon können zwei alte Leute leben, wenn sie bescheiden sind, auch in Genf. Kleine Beträge aus seinen Buchveröffentlichungen kommen hinzu. Nachmittags helfen er und seine Frau dem Sohn im Briefmarkengeschäft. Keine Schulbildung, kein Studium für die Kinder; sie sind im Untergrund aufgewachsen, in Armut. Auch die Enkel konnten nicht studieren. Tausendjährig ist das Dritte Reich in seinen Auswirkungen. Die Schäden verwachsen sich nicht in einer Generation.

Er hat niemals eine Zeile gegen das Land geschrieben, aus dem er stammt, zu dem er eine unerwiderte Liebe hegt. Er hat tausend Jahre geschwiegen. Auf einem PEN-Kongreß in den fünfziger Jahren sagt der Verleger Peter Suhrkamp zu ihm: »Sie glauben doch nicht, daß ich einen sechzigjährigen Autor durchsetzen kann? Es ist zu spät, man muß heute viel früher beginnen.« Viel früher: da flüchtete er durch Europa, überwinterte in Lagern. Erst als das Ende des Krieges abzusehen war, fing er an, mit Balzacscher Wut zu schreiben, zog Schleusen auf, schrieb, was sich in zwei Jahrzehnten angestaut hatte.

»Kein Mann gedeiht ohne Vaterland!« Er zitiert Storm.

Als er endlich hätte reisen können, ist er schon zu alt zum Reisen, da staunt er nicht mehr, da registriert er nur noch. Der Marcusdom. Der Capitolinische Hügel. Er kennt das alles längst von Bildern. Er ermüdet leicht, möchte mittags eine Stunde ruhen, er ist zu dieser Zeit fünfundsechzig Jahre alt. Rentenalter.

Er hört keine Nachrichten im Rundfunk, sieht keine Tagesschau im Fernsehen, liest in den Zeitungen nur das Feuilleton. Er lebt in einem Land, das geringes politisches Interesse von ihm erwartet. Er trinkt nicht. Er raucht nicht. In seinem fünfundsiebzigsten Lebensjahr stellte er keine Ersatzansprüche an die Krankenkasse.

Er lobt die Schweizer: Der Dichter Arnold Krieger besaß im Krieg lediglich einen Tagesschein für die Schweiz. Immer, wenn er seine Ausweisung erhielt, erwartete seine Frau gerade ein Kind; also durfte er aus humanen Gründen bleiben; er blieb fünf Jahre.

Er lobt auch die Franzosen: Die Polizeistreife, die man auf die Deutschen gesetzt hatte, suchte zunächst einmal ein Bistro auf.

Trinken wir einen Wein! Essen wir! Das gab den flüchtenden Deutschen einen Vorsprung. Er verdankt der Laxheit der Franzosen seine Rettung; unter den Deutschen hätte er kein Nadelöhr gefunden. Bis zum Einmarsch der deutschen Truppen hatte er in Paris gelebt. Briefmarkenhandel.

Seine Ähnlichkeit mit Charlie Chaplin!

Im Ersten Weltkrieg war er ein begehrter Briefeschreiber für seine Kameraden. Da hat sich ein schriftstellerisches Talent noch bezahlt gemacht, sagt er, als noch nicht alle Leute lesen und schreiben konnten! Unter die Briefe schrieb er: Schicke bitte auch für meinen Kameraden, der Dir diesen Brief geschrieben hat, eine Wurst mit!

Von 1914 bis 1918 kämpfte er für das Deutsche Reich. In Serbien, Mazedonien, Rußland und auch in Polen, dem Land seiner Herkunft. Von 1933 bis 1945 kämpfte das Deutsche Reich gegen ihn. In seiner ironisch-satirischen ›Lebensbeichte‹ steht: »Stoß deinen Gegner mit dem Bajonette/ Sonst stößt er seines in deinen werten Bauch!« Ein Pazifist zwischen Enthusiasten.

In der Zeit des Stummfilms schreibt er Filmszenarios, ist Chefredakteur einer Filmzeitschrift, Dramaturg einer Berliner Filmgesellschaft. Auf Wunsch des Vaters studiert er Germanistik, promoviert zum Dr. phil. in Bonn und übernimmt Vertretungen, vertritt zwanzig Firmen in Holland, darunter eine für Straußenfedern. Aber die Zeiten für Straußenfedern waren vorbei, sogar auf der Bühne. Ein Buchhändler in Utrecht stellt ihn gegen Kost und Logis ein, dann macht er sich selbständig: Buchhandlung und Verlag, Sitz in Holland; aber die Kunden leben in Deutschland. Er bezieht eine Wohnung, und seine Frau klebt Zeitungen vor die Fensterscheiben, damit die Nachbarn nicht sehen, daß sie keine Möbel besitzen. Kinder.

Lewan, sieh zu! Ein altgewordener Felix Krull. Er schlägt sich nicht durch, er schlägt Haken, geradeaus ging es nie. Er ist an Umwege gewöhnt. Wenn es nicht weitergeht, fragt er: Lewan, was kannst du sonst noch? Er kann schreiben. Wenn die Leute etwas anderes lesen wollen, muß er etwas anderes schreiben. Er ist auf Anpassung eingestellt und angewiesen. Er schreibt über sexuelle Sitten und Unsitten in fremden Ländern und hat Erfolg.

Er ist fleißig, belesen, schreibt mit leichter Hand. An den Sonntagen des Jahres 1952 schreibt er über »Das Sexualproblem in der modernen Literatur und Kunst«. Ab 1929 nimmt er an den Kongressen der ›Weltliga für Sozialreform‹ teil.

Den Namen Adolf Hitler spricht er nicht aus. Der österreichische Kunstmaler, sagt er, dieser Anstreicher. Verächtlich, ohne Haß; der Haß hat sich abgenutzt. Ein Phantom, das er nach dreißig Jahren noch nicht begreift. Im Schweizer Lager teilt er das Zimmer mit drei weiteren Internierten. Später brauchen sie sich nur noch bei der täglichen warmen Mahlzeit zu melden. Man stellt ihnen kleine schwarze Baskenmützen zur Verfügung, daran erkennen sie einander in der Stadt. Er und zwei andere Internierte kaufen sich französische Baskenmützen mit großem Teller. Er will sich unterscheiden, wollte sich immer unterscheiden, ein Sonderling, aber keiner von der unbequemen Art. Er konnte es sich nie leisten, jemandem unbequem zu werden. Die schwarze Baskenmütze mit dem großen Teller trägt er noch heute; er ersetzt sie alle paar Jahre, ein Emigrant noch immer.

Im Lager – Solgio im Bergell – darf er sonntags das Harmonium in der Dorfkirche spielen. Die Gemeinde ist Bauernhände gewöhnt; man verehrt ihn wie einen Virtuosen.

Er beherrscht die Kunst des Gönnens; auch die des Bewunderns.

Seine Lebensgeschichten sind zu Anekdoten zusammengeschrumpft. Mumien, die zerbröckeln. Sie halten mich für einen alten Pessimisten? fragt er. Ein heiterer Pessimist. Ein junger alter Mann.

Er lebt noch, also schreibt er weiter, schreibt gegen die Vergänglichkeit und Vergeblichkeit an. Leben ist gleich Schreiben, eines der Beweis für das andere.

Seine Rousseausche Ader. Auch Rousseau lebte am Genfer See. Er ist freimütig in seinen Äußerungen, seit 1942 führt er ein Tagebuch, jetzt füllt er das sechzigste Heft, das soll das letzte sein. Die übrigen Tagebücher liegen in der Universitätsbibliothek in Bern, einige Bibliotheken haben Mikrofilme davon angekauft, auch die Landesbibliothek seiner Vaterstadt K. »In der Jugend ist man ein Krösus der Phantasie, aber man weiß wenig von der Welt, ahnt nicht, wie schwer der bescheidenste Wunsch zu verwirklichen ist«, damit beginnt er das Vorwort zu den ›Jugendtorheiten‹, der Neuauflage seiner ersten Novellen. Ein kleines freches Decamerone.

Er lebt und schreibt dieses Leben zu Ende. Keine weiteren Fragen.

Er klebt Exlibris in die Bücher seiner Bibliothek. Soll er sie katalogisieren? Für wen? Seine Kinder und Enkel lesen keine deutschsprachigen Bücher, lesen überhaupt wenig.

Er hat immer mit Kunst zu tun gehabt, auch mit Musik, zumeist aber mit Literatur. Er las, er schrieb, er druckte Bücher, verlegte Bücher, verkaufte Bücher. Das Schreiben ist das Wichtigste; wobei sich sein Genie am größeren Genie entzündet. Er betreibt Verhaltensforschung bei den Genies, ein Behavior der Künstler, sucht in Leben und Werk nach den Antrieben und Spielregeln des Genies. Die Kunst der Interpretation ist eine Begabung der jüdischen Rasse: Klaviervirtuosen, Psychoanalytiker, Übersetzer, Kunsthistoriker, Literaturkritiker. Einfühlung, die in zweitausend Jahren eingeübt werden mußte. Als er in Holland lebt, teilt er seinen langen polnischen Namen in drei Teile, unter dem neuen Namen wird er bekannt. Seine Biographien sind temperamentvoll geschrieben, sehr persönlich, nicht objektiv. In der Schweiz erscheint eine dreibändige Sammlung über die Beziehung von Genie und Eros, dann auch in der Bundesrepublik, in anderen Sprachen, sie bringt ihm Erfolg und Anerkennung. Das ist schon wieder zwei Jahrzehnte her.

Er wirkt jung, nicht jugendlich. Kein Versuch, mithalten zu wollen. Das Eigenschaftswort ›neu‹ stellt keinen Wertbegriff dar, eher einen Grund zu erhöhtem Mißtrauen. Er schätzt noch heute, was in seiner Jugend ›neu‹ war und sich in sieben Jahrzehnten bewährt hat: Wagner, Strauss, Mahler, Fontane, Nietzsche, der junge Hermann Hesse.

1896 geboren, ein Kind des 19. Jahrhunderts.

Er hat lange in Holland gelebt, er hat in Frankreich gelebt, jetzt lebt er in der Schweiz; immer am Rande von Deutschland, weil er in Deutschland nicht leben durfte, später: nicht mehr leben wollte und konnte. Ein Abenteurer wider Willen. Seine Resignation wirkt überlegen; er scheint vieles besser zu wissen, aber er sagt es nicht, er will niemandem lästig sein, niemanden kränken. Urteile, auch Vorurteile: aber sie gelten einzig für ihn, er erwartet nicht, daß andere seine Ansichten teilen.

Wenn er von seinen Freunden erzählt, enden die Geschichten mit Mord und Selbstmord. Gift und Fenstersturz verlieren in seinem Mund das Sensationelle. Er nimmt dem Witz die Schärfe, indem er die Spitze gegen sich selbst richtet. Jeder darf über die Schwächen des jungen und des alten Lewan lachen. Man lacht gemeinhin über die Schwächen des anderen: Professorenwitze, Irrenwitze, Ostfriesenwitze. Die Juden lachen über sich selbst, machen die anderen lachen. Er muß nicht Beckett oder Ionesco auf der Bühne sehen, damit es ihn schaudert. Er liebt die Parks, liebt die Oper, schöne Stimmen, den mit Esprit geführten Briefwechsel.

In der Bundesrepublik kommt er sich vór wie einer, der noch immer in deutscher Schrift schreibt, während die anderen seit fünfzig Jahren lateinisch schreiben.

Auf der Flucht nach Ägypten und bei der Rückkehr nach Palästina legten die Juden Steine dorthin, wo sie einen Toten begraben hatten. Der Wind trieb den Wüstensand über das Grab, ein Steinhügel blieb zurück.

Bevor er den jüdischen Friedhof in K. wieder verläßt, legt er auf jedes der Gräber einen Stein, zum Zeichen, daß er dagewesen ist, als Gruß für den nächsten Besucher. Es kommt außer ihm niemand mehr; der einzige Bruder lebt seit 1937 in Portland/USA.

›Deutsche Ballade‹

Karl-Heinz M., geboren am 28. Juni 1919 in
Schüren bei Aplerbeck/Westfalen (elf Uhr dreißig),
der Tag, an dem die Abgesandten in Versailles
den Ersten Weltkrieg mit Unterzeichnung des Vertrages
beenden. Sein Vater, *ein Mann aus dem Volke,*
fährt als Hauer in die Grube. Das Rhein-
land wird besetzt. Am 11. Juni 1923
auch das Ruhrgebiet. Der Vater wird entlassen,
geht stempeln, trinkt, da war oft *Not am Mann.*
Karl-Heinz M. kommt in die Bürgerschule. Die
Mutter, wieder schwanger, wäscht, *steht ihren Mann.*
Der Sohn trägt Brötchen aus, von früh halb sechs
bis sieben. Der Vater fährt jetzt wieder ein,
zwei Jahre, dann wird er krank, Staublunge,
Rentner, 38 Jahre, zeugt weiter Kinder und
wird Mitglied der NSDAP, Ortsgruppe Dortmund-Süd.

Weltwirtschaftskrise, Hunger, Streik.
Die Kinder sammeln Koks auf Abraumhalden.
1933! *Das Volk erhebt sich wie ein Mann.*
Der Vater, jetzt *der rechte Mann am rechten Platz,*
schickt seinen Ältesten, Karl-Heinz,
nach Bensberg auf die NaPoLa, er soll
ein Mann von Rang und Würden werden:
Bergassessor, Bergrat usw., erst Abitur,
dann Clausthal-Zellerfeld . . .

1936: Wiedereinführung der allgemeinen
Wehrpflicht. Er steht in Uniform am Grab
des Vaters, ein Fähnleinführer, die
Mutter sagt: *Jetzt sei ein Mann!* Sie selbst
ist Mitte Dreißig und verbraucht vom Kinder-
kriegen. So nicht, sagt er, er wird ein
andres Leben führen, er ist *Manns genug,*
das durchzusetzen, macht sein Abitur mit
neunzehn Jahren, dann Reichsarbeitsdienst,
baut mit am Westwall, dicht bei Monschau/Eifel:
wird gemustert, zur Panzertruppe eingezogen,
und kommt in Uniform nach Schüren, *markiert*

den starken Mann, will einem Mädchen imponieren, sie wohnt im übernächsten Haus, heißt Inge P., ist blond und fast so groß wie er, zwei Jahre jünger und hat blaue Augen. Sie lernt Friseuse und geht gern zum Tanzen. »Wie du ist keiner«, sagt sie und wehrt ihn trotzdem ab: nein, das nicht! Er drängt, sagt: Clausthal-Zellerfeld und: Bergassessor, Hütteningenieur. Die Welt steht offen.

1. September 1939, 4 Uhr 45: Gefreiter Karl-Heinz M. marschiert in Polen ein. Als Sieger kehrt er heim. In seiner Straße ist er *der Mann des Tages.* Zwei fette Gänse im Tornister und Inges Augen nie zuvor so blau. Diesmal erreicht er, was er will, verspricht ihr alles, auch die Ehe. *Er war ein Mann, nehmt alles nur in allem,* wird verlegt, steht Wache an der Grenze bei Saarlouis, schreibt Feldpostbriefe und schreibt: Hütteningenieur und Clausthal-Zellerfeld, und Inge schreibt: ein Kind, wir müssen! Und: komm bald!

Erst noch siegreich durch Frankreich! Dann Kriegstrauung vorm Altar, französischer Champagner, das Brautkleid aus Lyoner Seide. Inges Augen nicht mehr so blau, sie ist im achten Monat. Der Bräutigam mit Schnüren, Schulterklappen, schläft auf dem Sofa. Die Schwiegereltern haben *die Tochter an den Mann gebracht,* sind stolz. Ein Drittel seines Solds geht an die Mutter, ein Drittel an die Frau und eins für ihn. Er kehrt zurück zu seiner Truppe, der Sohn wird auf den Namen Klaus getauft, der Vater ist jetzt mündig, einundzwanzig, Familienstand: verh., 1 Kind.

Karl-Heinz M., Feldpostnummer 97 403, liegt im besetzten Frankreich bei St.-Lô, Heimaturlaub. Er fährt nach Schüren, zeugt ein Kind. Die Frau will endlich eine eigene Wohnung . . .

22. Juni 1941, früh zwei Uhr dreißig, überschreitet er den Bug, dann Dnjepr, Desna, Don, wird verwundet, für einen Urlaub nicht genug. Als er nach Schüren kommt, ist seine Tochter schon geboren: Hannelore. Sie schreit, als sie ihn sieht. Ein Luftangriff zerstört das Haus der Mutter, in dem jetzt Inge mit den Kindern wohnt. Karl-Heinz flickt Wände, hämmert, setzt Fensterscheiben ein, hockt mit im Bunker, will lieber an die Front zurück, macht eines mittags seiner Frau ein Kind, das er fünf Jahre später zum ersten Male sieht, es wird wie er Karl-Heinz genannt (falls er, der Vater, nicht wiederkehrt aus Rußland).

Rückzug der deutschen Truppen, Flucht und Partisanen, Pripjetsümpfe. *Er hat sich als ein Mann bewährt* und wird zum letzten Mal befördert. Feldwebel *Karl-Heinz M. kämpft bis zum letzten Mann.* Bei Bialystock gerät er in Gefangenschaft, kriegt Ruhr und kommt ins Sammellager Brest-Litowsk. *Mit Mann und Roß und Wagen* . . . Hitler tot, der Krieg zu Ende, Kapitulation, Mai 1945.

Karl-Heinz M., Heimkehrer, Juli 1948, wiegt 55 Kilo und ist 29 Jahre alt, von Beruf Abiturient. Die Mutter kam bei einem Luftangriff ums Leben. Frau Inge M., evakuiert nach Meinerzhagen, geht zum Nähen für Mehl, Kartoffeln, Zuckerrüben. Der Älteste spricht ein paar Brocken Englisch, er ist der Beste auf dem schwarzen Markt. *Der brave Mann denkt an sich selbst zuletzt:* Familienvater Karl-Heinz M. gibt Clausthal auf, begräbt den Bergassessor, meldet sich beim Arbeitsamt, es heißt: *Das Bergwerk nährt noch immer seinen Mann* (er fährt nun in die Grube wie sein Vater). Aus einer Arbeitsdienstbaracke baut er die erste Wohnung. Tisch, Betten, Bank

aus alten Brettern. Er wird entnazifiziert
und eingestuft in Gruppe IV, fährt Sonder-
schichten, der Älteste kommt aufs Gymnasium.
Er selbst wird Hauer, Fördermann, dann Steiger,
Obersteiger; bei einem Grubenbrand wird er
verletzt. Er wählt jetzt SPD, Gewerkschaft,
Funktionär. Das Zechenlegen hat begonnen,
Erdöl fließt in die Bundesrepublik, die
Kohlenhalden wachsen, er schult um, nimmt
Abendkurse. Die Kinder werden größer, eins
kommt noch dazu, sechs Köpfe jetzt. Elektro-
herd und Waschmaschine, dann ein Kühlschrank,
die Polstergarnitur, der Fernsehapparat, Volks-
wagen, Baujahr 53, aus dritter Hand. Die Wohnung
wird zu klein. Bausparvertrag, Kredite, Hypotheken.
Er baut ein Haus, legt selber Hand an: samstags,
sonntags, abends. Die Frau hilft beim Friseur aus,
nach Bedarf, kriegt Trinkgeld, färbt, toupiert,
ist abends müde, legt die Beine hoch,
sagt: laß doch, laß mich doch in Ruhe! Zum
Kegeln geht er selten, nicht zum Stammtisch,
erst muß die Hypothek vom Haus, sie schaffen
einen Opel an und fahren zweimal nach Ruh-
polding mit Touropa, *pro Mann am Tage DM 18,–*.
Er wird fünfzig. Die Dortmund-Hoerder-Hütten-
Union zahlt ihm ein weiteres Gehalt, gewährt
drei Tage vollbezahlten Urlaub. Er fährt mit seiner
Frau von Köln nach Rüdesheim, macht eine Rhein-
partie. Weinprobe in der Drosselgasse, sonst
trinkt er lieber Bier, am liebsten Doppelbock.
Er leert ein Glas zuviel, singt ›Kornblumenblau‹ . . .
und ›. . . Augen der Frauen am Rheine‹, sieht
seine Frau an, legt den Arm um sie.
Er ist ein Mann in seinen besten Jahren,
jedoch nicht recht gesund. Er wird vom
Arzt zur Kur geschickt, einmal Bad Meinberg,
zweimal nach Bad Orb. Dort hat er Zeit,
er sitzt auf Bänken, wartet und denkt nach,
schreibt Ansichtskarten, schreibt:
›Viele Grüße aus dem Spessart‹ und ›die Kur
schlägt an, wie geht es Euch‹, dann muß er

zur Massage. Er hätte gern ein Boot gehabt,
er war in einer Rudermannschaft, Bensdorf,
NaPoLa. Er muß jetzt froh sein, wenn man ihn
behält, riskieren kann er nichts, sie sagen,
es sei Rheuma. Er rechnet aus, wie hoch die
Rente sein wird, wenn er mit 65 oder 63 . . .

Um fünf Uhr dreißig muß er raus, kocht sich den Kaffee,
für Hin- und Rückfahrt braucht er fast zwei Stunden.
Er wohnt am Stadtrand, da ist vieles billiger,
er wäscht und repariert das Auto, flickt das Dach,
legt Fliesen, seine Frau will Teppichboden,
er nimmt Kredit auf, kauft auf Raten,
hat fünfzig DM Taschengeld im Monat,
die gehn für Zigaretten drauf. Die Kinder
sagen, davon verstehst du nichts, wer rackert
sich denn heute noch so ab wie du. Die Tochter
bringt am zweiten Feiertag die Enkel mit,
sein Jüngster *markiert den wilden Mann*.
Karl-Heinz M., in Klammer 52, wählt weiter SPD,
wählt Landtag, Bundestag, Gemeinderat, er selbst
– er hatte nie die Wahl. *Ein Mann, ein Wort!*
Er hätte Bergrat werden können . . .

Ein Pferd ist ein Pferd, und ein Trecker ist ein Trecker

»Martinus B. ... und seine Ehefrau, Katharina Luise geb. T. ..., haben mit Gott und seiner Hilfe und dem Zimmermeister G. ... diesen Bau erbaut im Jahre 1856«, so zu lesen auf dem Gesimsbalken des alten Wohnhauses. Gott und der Zimmermann, beide, wohlgemerkt. Nüchternheit und Respekt gegenüber den irdischen wie den himmlischen Mächten scheinen sich bei den B.s erblich zu sein. Eine alte Familie; bereits Ende des Dreißigjährigen Krieges wird ein B. namentlich im Kirchenbuch erwähnt, aber der Stammbaum hängt nicht schön gezeichnet hinter Glas, sondern liegt handschriftlich, auf DIN A4, abgeheftet bei den übrigen Akten. Aus einer alten Familie zu stammen, sieht kein B. als persönliches Verdienst an. Die Schreibweise des Namens hat sich wiederholt verändert, aber nie hat es an männlichen Nachkommen gefehlt, immer ist der Hof ungeteilt an den ältesten Sohn gegangen, und immer stand er an derselben Stelle, mitten im Dorf. Hessisches Fachwerk, die Hofanlage fränkisch, aber kein Misthaufen mehr in der Mitte, das schon lange nicht mehr, der wurde an die Seite gerückt, der große Hofplatz sauber gepflastert. Zwei Rotdornbäume zu beiden Seiten der Doppeltreppe vorm Haus, an der einen Hofseite das Gesindehaus, an der anderen Scheune und Ställe. So war es bis 1964, dann baute der Landwirt Georg Martin B. einen Aussiedlerhof am Rand des Dorfes, das seit kurzem nur noch Ortsteil einer nahe gelegenen Stadt ist; eine Bundesstraße führt vorbei, der Schulbus bringt die Kinder in die Stadt, die Schule steht leer, Spinnweben und Brennesseln versperren die Pforte der kleinen Kirche. Im alten Wohnhaus der B.s lebt heute ein Maler, der die leerstehenden Räume zur Ausstellung seiner Bilder benutzt. Strukturwandel auf dem Lande.

Dieser Georg Martin B. nennt sich Landwirt. Er tat das auch zur Zeit der Erbhofbauern. Er nimmt das Wort wörtlich, ›Wirt des Landes‹. Mäßig gewelltes, leicht zu bestellendes Ackerland, im Hintergrund hessisches Bergland, die Ausläufer des Knüll. Er liebt die Landschaft, in der er aufgewachsen ist, die er kaum einmal verlassen hat und deren Aussehen er mitgestaltet. Er teilt sie in zwei oder in zehn Hektar große Quadrate ein, er läßt sie grün werden im Frühling, goldgelb im Sommer, braun im Herbst, gibt ihr die Farbe des Weizens und der Rüben, den Geruch von

Kunstdünger, Schweinedung und blühendem Korn; er läßt weder Mohn noch Hederich gedeihen, hält die Wirtschaftswege instand, zieht Pappelreihen zum Sichtschutz und zur Trockenlegung feuchter Bachufer, pflanzt und fällt Bäume, legt Hecken an, Alleinherrscher über ein Stück Erde, das achtzig Hektar mißt. Dreißig Hektar hat er geerbt, fünfzig Hektar hat er zu günstigen Bedingungen gepachtet; damit hat sein Hof die Idealgröße erreicht, die heute in dieser Gegend bei achtzig bis hundertzwanzig Hektar liegt.

Alles Land unter den Pflug genommen, die paar Weiden verpachtet – heute kann man jeden Boden durch Bearbeitung und durch Zugabe von Nährstoffen für Korn und Hackfrüchte tauglich machen. Sandboden, Lehmboden, schwerer Boden, leichter Boden, das sind ungültig gewordene Wertungen. Martin B. verbessert die Erde, macht sie sich untertan mit Maschinen und Chemikalien. Der achte Schöpfungstag.

Ein Hektar hat vier Morgen. Manchmal spricht er noch von einem ›Morgen Land‹, redet in ungültigen Begriffen. Ein Morgen, das war einmal die Größe eines Ackers, den man mit einem Anspann (einem Mann und zwei Pferden) von sechs Uhr früh bis elf Uhr mittag beackern konnte: an einem Morgen. Ein Trecker schafft von 13 bis 19 Uhr bei guten Boden- und Wetterverhältnissen zwölf Morgen, das sind drei Hektar. Der Morgen ist nicht mehr die Hauptarbeitszeit des Bauern und ein Morgen nicht mehr sein Arbeitspensum.

Als Georg Martin B. den ererbten Hof verließ, beendete er das Jahrtausend des Pferdes. Bis dahin standen fünf Pferde in seinem Stall, besaß er eine gute Zuchtherde, Rinder, Vieh mit hoher Milchleistung und guter Fleischqualität. Er errichtete keinen Bauernhof an anderer Stelle, sondern baute einen hochspezialisierten landwirtschaftlichen Betrieb auf. Er selbst spricht noch manchmal vom ›Hof‹, aber der Sohn spricht vom ›Betrieb‹. Ein weißes, langgestrecktes Fabrikgebäude, zwei weiße Türme daneben, ein Fabrikhof mit Werkstatt und Garagen. Der erste Blick verrät nicht, was hier produziert wird, wohl aber der Luftzug, der aus den Ventilatoren kommt und übers Feld streicht: süßer, aufdringlicher Schweinegeruch.

Schweine, nichts als Schweine, Borstenvieh und Schweinespeck. Ohne Borsten und ohne Speck liegen sie glatt, weißhäutig und schlank in ihren Kojen, sie bringen kaum ein Töpfchen Schmalz ein. Mit zwanzig Kilo Gewicht werden sie eingekauft, und nach vier bis fünf Monaten Mast haben sie das Idealgewicht von neunzig bis hundert Kilo erreicht. Dreihundertsechzig Schweine liegen im Stall, eine hochgezüchtete, überempfindliche Rasse. Ein Aggregat regelt Temperatur und Luftfeuchtigkeit innerhalb der Schweinefleischfabrik. Die Marktprodukte erhalten einmal täglich ein Futtergemisch, dessen Verdaulichkeit genau berechnet wurde, alles wird in Prozenten berechnet, Eiweißstoffe, Kohlehydrate, Phosphate. Wenn die Tiere durstig sind, gehen sie an einen Trinkautomaten und bedienen sich; eine gewisse Eigenleistung ist erforderlich. Ein Schwein suhlt sich aus Unbehagen, nicht aus Wohlbehagen. Sprichwörtlich zu verwenden: sensibel wie ein Schwein, nervös wie ein Schwein. Die Türen werden geräuschlos geöffnet, in Gegenwart der Schweine wird allenfalls geflüstert. Außerhalb des Stalles sprechen alle zu laut; sie müssen gegen die Geräusche von Luftgebläse, Klimaanlage, gegen Förderband und Trecker anreden. Durchschnittlich werden achthundert Schweine im Jahr verkauft, der Preis liegt zur Zeit bei zweihundert Mark pro Stück. Die Preise für landwirtschaftliche Erzeugnisse sind politische Preise. Das in der freien Marktwirtschaft übliche Gesetz von Angebot und Nachfrage kann hier nicht angewandt werden. Das Schicksal des Betriebes wird von der politischen und der wirtschaftlichen Lage bestimmt. Auch von der Wetterlage, manchmal ist diese noch schwieriger und unsicherer als die wirtschaftliche.

Das selbstangebaute Futter wird in eigenen Silos gelagert, alle vermeidbaren Kosten werden vermieden. Man wird einen weiteren Silo zur Futterlagerung bauen müssen, man wird andere, neuere Maschinen kaufen, eine Atempause im Planen und Anschaffen darf es nicht geben. Fortschritt bedeutet Fortschritt als Dauerzustand. Der Landwirt B. liefert Gerste an die Brauerei, Zuckerrüben an die Zuckerfabrik, Weizen ans Kornhaus. Sein Umsatz beträgt zweihundertzwanzigtausend, das Einkommen dreißigtausend, über den Daumen. Er äußert sich freimütig, er ist es gewöhnt, die Karten auf den Tisch legen zu müssen. Jede Ernte bringt die Chance, daß einmal fünfzigtausend als Einkommen übrigbleiben. Gute Jahre, schlechte Jahre, wie bei jedem freien Unternehmer, nur daß er sein Unternehmen unter freiem Himmel liegen hat.

Georg Martin B. versteht sich auf Tiere, sein Sohn auf Maschinen. Der eine sieht auf den ersten Blick, was mit einem Schwein los ist, der andere hört es am Geräusch, wenn eine Maschine nicht in Ordnung ist, sogar schon vorher. Den wertvollsten Besitz eines Betriebes stellt heute der Maschinenbestand dar. Mähdrescher, Schlepper, Großraumstreuer, Rübenroder. Mit Zuckerrüben ist noch immer Geld zu machen, die Bearbeitung läßt sich weiter vereinfachen. Hier werden im Frühjahr keine Rüben mehr mit der Hand verzogen, hier wird kein Rübenfeld mehr unter der heißen Junisonne gehackt; auch die Ernte erfolgt maschinell. Aber die Lebenszeit der Maschinen ist begrenzt, weil sie unter freiem Himmel eingesetzt werden müssen. Einige Maschinen kann man gemeinschaftlich mit Nachbarn benutzen, aber auch das hat seine Schwierigkeiten: man muß die Maschinen zur Verfügung haben, sobald das Wetter für Bestellung oder Ernte günstig ist. Optimal, rationell, kontinuierlich, automatisch, funktionell, man hat nicht einmal Zeit, die Fremdwörter einzudeutschen, aber man eignet sich die neuen Wörter an: Wir mähdreschern heute.

Früher nannte man ein Tier, das nicht gedeihen wollte, einen Kümmerling. Für Kümmerlinge ist kein Platz. Mitleid läßt sich bei einer Intensivbewirtschaftung nicht einplanen. Schlachtreife Tiere so schnell und billig wie nur möglich zu erzeugen, das gilt es, nichts sonst. Der Landwirt B. ist weder romantisch noch sentimental. Ein Pferd ist ein Pferd, und ein Trecker ist ein Trekker, beides sind Werkzeuge des Menschen zur Bearbeitung der Felder. Weder Kälbchen noch Schäfchen, noch Entchen, nichts mehr, was rührt. Ein Wachhund, der nicht frei herumlaufen darf, weil der Fabrikhof ständig von Maschinen befahren wird. Der Hausbalken mit der alten Inschrift wurde nicht pietätvoll im neuen Bungalow eingemauert, nichts wurde mitgenommen, nur ein Stück vom Stamm der meterdicken Esche, die auf dem alten Hof stand, eine Weltenesche vom Ausmaß der Yggdrasil, sie liegt für die Enkelkinder zum Spielen auf dem kurzgeschorenen, unkrautfreien Rasen. Eine bemalte hessische Truhe in der Diele, eine alte Wasserkanne aus Blech als Bodenvase für die Sonnenblumen. Auf der großen Terrasse eine Hollywoodschaukel neben dem Außenkamin, auf dem gegrillt wird, im Wohnraum die Sitzmöbel mit hellem Rindsleder bespannt, alles ist zweckmäßig und modern.

Neben der Haustür führt eine kleinere Tür durch die ›Schmutzschleuse‹ ins Haus, da stehen die lehmigen Gummistiefel, da hängt die Arbeitskleidung, hier wäscht sich, wer aus den Ställen und vom Feld kommt, hier verwandelt sich der Landmann in den Privatmann.

Georg Martin B. hat den Hof zu einer Zeit übernommen, als es hieß: Das Land geht zum besten Bauern, das war um 1930, schlechte Zeiten für die Landwirtschaft in Deutschland. Sein Vater, ein preußischer Abgeordneter, überließ ihm die Führung des Hofes, als er jung und unternehmungsfreudig war, und sah sich rechtzeitig nach einer eigenen Tätigkeit in der Holzwirtschaft um. Aus der Entscheidung des Vaters hat der Sohn gelernt: auch er übergab die Leitung des Betriebes seinem Sohn bereits, als dieser Ende zwanzig war. Neue Ideen und neue Errungenschaften müssen mit unverbrauchter Tatkraft angepackt werden. Für sich und seine Frau hatte er beizeiten einen Hühnergroßbetrieb in der ehemaligen Scheune ausgebaut. Sechshundert Stück Hühner in Käfigen, die Rasse: HNL, eine amerikanische Hybridzucht mit maximalen Leistungen, ein Sechzehnstundentag für die Hühner bei künstlichem Licht; die Lebensdauer eines Huhnes fünfviertel Jahr. Keine Glucke führt mehr ihre Küchlein aus, auch in der Eierfabrik herrscht Leistungsprinzip. Sie müssen gackern, nur wenn sie gackern, fühlen sie sich wohl und legen Eier, die großen Eier im Direktverkauf an Hotels und Gaststätten, die kleinen Konsumeier an die Bäckereien, das Schlachtvieh an den Händler.

Das Nebeneinander der Generationen wird durch Verträge geregelt und erleichtert. Der älteste Sohn hat den Betrieb bekommen, die anderen Kinder erhielten das Studium finanziert und bekamen eine Starthilfe. Laut notariellem Vertrag steht den Eltern ›Einsitz‹ zu, Wohnung und Kost, dazu 250 Mark in bar; sie beziehen außerdem die Altersrente für Landwirte, die heute für zwei Personen 170 Mark beträgt, dazu die Einkünfte aus der Eierfabrik und den Lohn für die nebenberufliche Tätigkeit als Zuckerrübenschätzer. Im Herbst, wenn die Landwirte die Zuckerrüben an die Fabriken liefern, muß geschätzt werden, wie hoch der Schmutzanteil bei einer Ladung ist, objektiv gegenüber dem Anlieferer und gegenüber dem Ankäufer, zehn Stunden am Tag, die Stunde zu sieben Mark, wochenlang, oft bis Weihnachten. Auf dem Land wird man mit 65 Jahren nicht Rentner.

Im Krieg wurde er ein Jahr lang u.k. gestellt, unabkömmlich. Während der übrigen Kriegsjahre nahm er an den Feldzügen teil. Seine Frau bewirtschaftete derweil den Hof mit polnischen, später auch französischen Kriegsgefangenen. Bei Kriegsende geriet er in amerikanische Gefangenschaft und lag in einem Lazarett, eingegipst bis zum Brustkasten. Wenn der Arzt fragte, wie es ihm gehe, sagte er: gut. Es ging ihm gut, er lebte noch, er würde voraussichtlich wieder auf die Beine kommen. Nach Wochen lag er immer noch im Gips und sagte immer noch: danke gut. Da schenkte ihm der Arzt eine Packung Chesterfield; er ist ein Raucher. Als er wieder zu Hause war, baute er Tabak an; einmal hat er einen Sack Weizen gegen eine Kiste Zigarren eingetauscht.

Er hat auch Glück gehabt, das weiß er selbst, ohne Glück kommt man nicht durch. Immer waren ihm die Umstände günstig. Sein Hof lag 1945 weder jenseits von Oder/Neiße noch jenseits der Elbe und auch nicht auf der kargen Schwäbischen Alb. Nie hat es Realteilung gegeben, kein Sohn ist im Krieg gefallen. Alle sind gesund, alle haben eine gute Schulbildung und eine gute Fachausbildung erhalten, auch die Frauen; der Sohn könnte sich Agraringenieur nennen. Drei Generationen unter einem Dach. Als sie den Bungalow bauten, haben sie eine zweite Haustür vorgesehen, für den Fall, daß man nicht miteinander auskommen würde; dieser Fall ist in zwölf Jahren nicht eingetreten. Zwei Wohnzimmer, aber eine Küche; beides hat sich als zweckmäßig erwiesen.

In den dreißiger Jahren arbeiteten auf dem Hof der B.s im Kuhstall ein Schweizer, im Pferdestall ein Knecht, zwei Mädchen in Haus und Garten, dazu die Tagelöhner. Damals wurden nur dreißig Hektar bewirtschaftet, heute machen sie alles allein, Vater und Sohn, Frau und Schwiegertochter; sie fahren zwei Personenwagen, aber besitzen vier Führerscheine. Hier herrscht Gleichberechtigung und Mitbestimmung, jeder ist Direktor und Hilfskraft in einer Person. Sie arbeiten viel, aber ihr Lebensstandard liegt hoch. Abhängig von Wetter und Europäischer Wirtschaftsgemeinschaft, unabhängig von Lohnforderungen und Arbeitszeitbestimmungen. Sie sind ins Ausland gereist, um zu sehen, wie man es anderswo macht, nach Dänemark und Frankreich, aber auch nach Ungarn. Für die Jungen gibt es keine Erholungsreise, wenn das Wetter für die Ernte ungünstig ausfällt, aber die Alten reisen nach Paris, an den Gardasee, nach Italien.

Ausdauer, Zähigkeit und Mut, Gesundheit, Fachwissen, dazu die Gunst der Umstände und eine Portion Glück – es ist viel nötig, damit heute ein Hof überlebt. Wenn an seinem Stammtisch, der sich ›Grüner Tisch‹ nennt, der eine oder andere Nachbar klagt, sagt Georg Martin B.: Dann gebt doch auf! Geht in die

Industrie! Es zwingt euch keiner, auf dem Land zu bleiben!

Man muß im richtigen Augenblick die richtige Entscheidung treffen, es hat keinen Zweck zu klagen, damit hat er sich nie aufgehalten. Ein landwirtschaftlicher Betrieb braucht, um rentabel arbeiten zu können, eine hohe Starthilfe, ohne staatlichen Zuschuß geht es nicht, aber Zweck hat Hilfe nur dann, wenn wirklich alle Voraussetzungen gegeben sind. Keine Sentimentalität, keine Romantik, kein Mitleid und schon gar kein Selbstmitleid.

Ein fröhlicher Landmann? Ein optimistischer Unternehmer! Für ihn gilt noch immer: Das Land geht an den besten Bauern, anderswo heißt es heute bereits: Die besten Bauern gehen.

Schwierigkeiten beim Ausfüllen eines Meldezettels

Familienname (bei Frauen auch Mädchenname): M., verw. H., geborene A. Drei Namen – drei Leben.

Vornamen (Rufname unterstreichen): Gertrud, Franziska, Marie-Luise (unterstrichen). In ihrem ersten Leben nannte man sie Marli, im zweiten Marline, im dritten Marlise.

Geburtsdatum: 10. Januar 1918. Unter dem Tierkreiszeichen des Steinbocks.

Geburtsort: Dresden. Der Vater stammte aus Westfalen, ein Geschäfts- und Erfolgsmann, Fabrikant; aber er stirbt, als die Kinder noch klein sind, Marli ist noch nicht einmal fünf Jahre alt. Die Mutter übernimmt die Leitung der Firma, eine Frau aus Pommern, mit beiden Beinen fest im Leben stehend, mit 85 Jahren noch immer jemand, der weiß, was er will, und weiß, was man tut. Im handgeschriebenen Kochbuch, das sie der Tochter mit in die Ehe gab, steht unter Kohlrouladen: ›Man nehme die zarten inneren Blätter eines Weißkohls, die groben Außenblätter für die Mädchen.‹ Die Mädchen wohnen nicht in einem Zimmer, sondern in einer Kammer. Standesunterschiede, Einordnungen: das Personal, die Sozis, die Katholiken. So etwas prägt sich ein, sitzt fest. »Laßt uns erst einmal was Ordentliches essen«, sagt die Mutter – als der Vater stirbt, als das Haus abbrennt, als die Firma enteignet wird. Die jüngste Tochter, Marie-Luise, schläft statt dessen; legt sich hin und schläft, wenn ihr jemand gestorben ist, wenn ihr jemand das Dach überm Kopf angezündet hat. Kreatürliche Abwehr.

Sachsen? Nein! Dresden? Ja! Dresdner Barock. Mozartserenaden im Zwinger; Welturaufführung der ›Daphne‹ von Richard Strauss am 15. Oktober 1938 unter der Leitung von Karl Böhm, in der Titelrolle: Margarete Teschemacher, eine Freundin der Familie, ein Lebensdatum der jungen Marli, die Tennis spielt, Reitstunde nimmt, im Erzgebirge Ski läuft, zur Olympiade nach Berlin fährt. Höhere Schule, höhere Tochter. Canaletto in der Gemäldegalerie, Spazierwege im ›Großen Garten‹, romantisch, verträumt, verspielt. Das ›Palais‹ zerstört, die Erinnerungen beschädigt.

Die sächsische Mundart haftet ihr an, sie wird sie nicht los; sie übertreibt, macht sich lustig. Sie stand Spalier und knickste, als der sächsische König zu Grabe getragen wurde, ›irgendein

August‹, sie verabscheut sächsisches Obrigkeitsdenken, kennt es in verschiedenen Ausprägungen. Königreich Sachsen, Freistaat Sachsen, Gau Sachsen, unter russischer Besatzung und heute das Land Sachsen in der Deutschen Demokratischen Republik. Sie kann mitreden. Sie hat sieben Jahre lang unter einer kommunistischen Regierung gelebt, man macht ihr nichts vor, sie weiß, was es heißt: Enteignung, politische Überwachung, Flucht. 1945 hat sie in den Trümmern der Fabrik, die ihr Mann leitete, Steine geklopft, bis ihr auch das untersagt wurde; aber sie hat auch als Sozialreferentin in einem sächsischen Ministerium gearbeitet, parteilos; heute nimmt sie Partei. Trägheit und Gleichgültigkeit sind ihr ebenso zuwider wie Ideologien.

Beruf: Frauenreferentin bei einer Bundesbehörde im Angestelltenverhältnis, für die Übernahme ins Beamtenverhältnis bereits zu alt. Besoldungsgruppe A III. Beruflicher Werdegang: Abitur, Handelsschule, Reichsarbeitsdienst, vier Semester Volkswirtschaft, Hausfrau. Sie heiratete, damals 24 Jahre alt, einen Mann ihrer Art: Miterbe einer Firma, jung, tüchtig, wohlhabend. Ein Paar, nach dem man sich umblickt. Zwei heitere, selbstsüchtige Jahre, der Krieg spielt sich fern von Dresden ab, auch der Luftkrieg. Ihr Mann ist für die Kriegswirtschaft unentbehrlich, und sie arbeitet als Korrespondentin ein wenig mit in seinem Betrieb. Tanzen, Tennis, Skilaufen, eine Wohnung am Großen Garten, Barockschränke mit Meißner Porzellan. Man ist vermögend und versteht zu leben. Man ist auf Besitz bedacht und lagert einige wertvolle Möbelstücke aus, auch Porzellan, Silber, Wäsche. Sie erwartet ihr erstes Kind.

Am 13. Februar 1945 hat das alles ein Ende. Ein Luftangriff zerstört Dresden und das Leben der Marline H., geb. A., in allen Bestandteilen. Die elterliche Firma, den Betrieb ihres Mannes, das Haus, in dem sie lebten; eine einstürzende Kellerwand erschlägt und begräbt ihren Mann, zwei Meter von ihr entfernt, sie selbst bleibt am Leben. Auf der Flucht nach Thüringen bringt sie das Kind zur Welt. Es ist tot. Nichts bleibt, kein Grab, keine Briefe, keine Bilder, nur der Name, den sie trägt, und irgendwo die ausgelagerten Möbelstücke. Sie liegt in einem Bauernhaus und schläft. »Laß uns etwas Ordentliches essen!« sagt die Mutter. Zwei Wochen später macht sie Feldarbeit.

Familienstand: (ledig, verheiratet, verwitwet, geschieden. Unzutreffendes bitte streichen. Seit wann) Verwitwet, ein Kind. Richtiger: zweimal verwitwet. Ein leiblicher Sohn aus zweiter

Ehe, drei Stiefkinder und jenes erste, totgeborene Kind, das nicht zählt. Nahe bei Dresden bewirtschaftete eine Freundin den elterlichen Gutshof. So wie diese hätte Marline gern gelebt, mit Pferden und Hunden und drei Kindern. Sie fuhr sooft wie möglich auf das Gut. Der Mann der Freundin kehrte spät aus russischer Kriegsgefangenschaft zurück, ein Offizier, mehrfach verwundet und mehrfach ausgezeichnet. Ein Militarist, ein Kapitalist, durch Heirat auch noch Großgrundbesitzer: Er wird inhaftiert. Während der Zeit seiner Abwesenheit wird seine Frau mehrmals vergewaltigt, sie erhängt sich auf dem Dachboden. Nach seiner Freilassung flieht er in den Westen, mit den drei kleinen Kindern und mit sonst nichts.

Bald darauf muß auch Marline fliehen. Im Rheinland trifft sie den Mann ihrer Freundin wieder. Wink des Schicksals oder Zwang des Schicksals? Sie heiratet ihn; ihn und seine drei Kinder. Sie hatte es sich einfacher gedacht, drei fremde Kinder zu erziehen. Sie wird Schwierigkeiten immer erst dann gewahr, wenn sie sich einstellen. Die fehlende Vorstellungskraft erleichtert ihr vieles. Von nun an wird Marlise M. mit ›Frau Doktor‹ angeredet. Ihr Mann ist ihr an Alter, Wissen, Bildung und menschlicher Reife überlegen.

Vernunft, gemeinsame Erinnerungen an Dresden, aber auch eine starke Zuneigung bindet die beiden aneinander. Ihr Mann baut ein Ingenieurbüro auf; sie leitet zunächst die Zweigstelle eines Modesalons. Düsseldorf sitzt ihr wie angemessen. Sie schätzt das gesunde Selbstbewußtsein des Rheinländers, das durch alle Gesellschaftsschichten geht. Man hilft den Fremden und den Flüchtlingen nicht, aber man läßt sie gewähren, und das ist das, was sie verlangt, nicht mehr, nicht weniger. Es geht wieder aufwärts, man plant den Bau eines Hauses. Da geschieht etwas, womit keiner gerechnet hatte. Sie lernt einen anderen Mann kennen. Ein heftiges Gefühl erfaßt sie und den anderen, der unabhängig ist, ohne den Ballast von Kindern und Existenzaufbau, ein Künstler. Sie bittet ihren Mann, sie freizugeben; er willigt ein. Er ist ein großherziger Mensch, aber er ist auch ein vitaler Mann; er setzt eine Frist. Als diese verstrichen ist, erwartet sie ein Kind von ihm. Eine Scheidung wird dadurch für sie undenkbar. Sie teilt ihren Entschluß dem anderen Mann mit, offen, wie es ihre Art ist, ohne Lüge, aber auch ohne Schonung. Er nimmt sich das Leben. Nachdem sie seinen Abschiedsbrief gelesen hat, legt sie sich hin und fällt in abgrundtiefen Schlaf. Und nimmt das Unabänderliche seines Todes hin. Wenn sie nach Salzburg kommt, sucht sie sein Grab auf. Der Sohn wird bereits im eigenen Haus am linken Rheinufer geboren.

Wieder zieht Wohlstand ein. Noch immer Meißner Porzellan, noch immer ein paar Barockschränke; kein Personal wie früher, aber doch eine Hausangestellte, die ein Apartment im Dachgeschoß bewohnt. Eines Nachts zündet deren Liebhaber, der sich betrogen fühlt, das Haus an. Als der Morgen graut, ist der Brand gelöscht. Was gerettet werden konnte, steht durchnäßt und verkohlt auf dem Rasen, Kinderbetten und Barockschränke. Diese Geschichte erzählt sie gelegentlich zur Belustigung ihren Gästen. Sonst spricht sie nicht über Vergangenes. Man baut an derselben Stelle ein neues Haus. Garten, zwei Setter, Tennis, Klavierspiel, Reitstunde, Skilaufen. Fast wie damals in Dresden.

Religionszugehörigkeit: Evangelisch. Aber zweimal hat sie einen Katholiken geheiratet; ihr Sohn wurde katholisch getauft. Während Marlise M. im Ötztal Ski läuft, stirbt ihr Mann an einem Herzinfarkt. Sie begräbt ihn, schläft, putzt das Haus vom Boden bis zum Keller, entmachtet das Entsetzen durch Schlaf und Arbeit; zwei Wochen später nimmt sie irgendeine Stellung an. Ihr Mann war freiberuflich tätig gewesen. Sie hatte keine Gelegenheit, eine Witwe mit Pensionsberechtigung zu werden.

Sie tritt nicht als Witwe auf. Sie fühlt sich auch nicht als das verlassene Teilstück eines Ganzen, sie spricht von ihm wie von einem augenblicklich abwesenden Freund, herzlich, nüchtern und burschikos. Ihre Oberfläche ist angerauht.

Wohnsitz: Karlsruhe. Wieder eine ehemalige Residenz, diesmal badisch, wieder eine neue, weniger gemäße Art zu leben. Zunächst Sekretärin in einer politischen Institution, immer noch parteilos, aber ihr politisches Interesse äußert sich heute nicht mehr nur in Opposition gegen alles, was zu weit links steht. Sie hat sich aller zugänglichen und zulässigen Hilfsmittel bedient, um mit dem Alleinsein fertig zu werden: Arbeit, Zigaretten, Arbeit, Alkohol, Reisen, Arbeit, Freundschaften.

Sie arbeitet sich nach oben, leitet schließlich ein Ressort. Die beiden großen Parteien sähen sie gern in ihren Reihen, Frauen wie sie werden in der Politik gebraucht; sie hat Erfahrungen im Beruf und im Leben, sie wirkt überzeugend, besitzt Nüchternheit, aber auch Charme. Sie kann reden und sie kann andere reden lassen. Links von den Christlichen Demokraten, rechts von den Sozialdemokraten, aber nach der politischen Einstellung fragt kein Fragebogen in der Bundesrepublik. Zum Wochenende kommt der Sohn aus dem Internat nach Hause. Die beiden gehen wie zwei Kumpane miteinander um. Steckt sie seine ausgefransten Jeans in den Mülleimer, holt er sie wieder hervor und steckt ihr Lieblingskleid hinein. Er hat ja recht, sagt sie. Die Vorliebe für Barockmusik, Meißner Porzellan und Hunde wurde ihr ausgetrieben.

Zur Zeit befindet sich Marlise M. in einem Sanatorium. Nördlicher Schwarzwald. Als alle Probleme gelöst schienen, wurde sie krank. Unvermutet, von einem Tag auf den anderen. Etwas muß an ihr genagt haben, gefressen; medizinisch und psychologisch leicht zu diagnostizieren: Tbc.

Der Sohn? Die alte Mutter? Das Ressort, das sie eben erst aufgebaut hat? Ihr Gehalt läuft sechs Wochen weiter, das Krankengeld deckt nicht einmal die Kosten für Internat, Wohnung und Auto. Sie besitzt für den Notfall einige Wertpapiere, aber den augenblicklichen Zustand hält sie nicht für einen Notfall. Sie stellt hohe Ansprüche an die Not. Keine Zigaretten mehr, keinen Alkohol mehr: Sie muß gesund werden! Eine Frau von Mitte Fünfzig darf ihren Posten nicht verlieren, einen neuen würde sie nicht mehr finden.

Angaben zur Person: 172 cm groß, schlank, dunkelblond, ihr Friseur mischt neuerdings etwas Rot in die Tönung, grau-grüne Augen.

Besondere Kennzeichen: Keine. Narben, die niemand sieht. Bisher hatte sie nur gelernt, ein Unglück hinzunehmen, jetzt lernt sie, es auf sich zu beziehen. Nach dem Warum hat sie niemals gefragt, jetzt fängt sie an, nach dem Wozu zu fragen. Sie hat ohne Pausen gelebt. Sie sucht nach neuen Maßstäben, versucht herauszufinden, was wichtig, was unwichtig ist. Sechs Stunden Liegekur am Tag, zwei Stunden Spaziergang. Nachhilfestunden. Keine Fluchtmöglichkeit. Kein Ausweichen. Sie macht Bilanz.

Am Abend vor der Abreise ins Sanatorium nahm sie eine Flasche vom Tisch, hielt sie abwägend in der Hand: Ist sie halb leer, oder ist sie halb voll? Sie entschied: Die Flasche ist noch halb voll.

Danach hat sie immer gelebt.

In stillem Gedenken

Gustav U. Seit dem großen Unglück gibt es den Namen nicht mehr. Auf keinem Grabstein und in keiner Todesanzeige hat er unter denen der Toten gestanden. Das war allerdings nur ein Versehen gewesen. Niemand hat nach ihm gefragt in den ersten Tagen nach der Katastrophe. Später ging dann alles wieder seinen gewohnten Gang, die leergewordenen Plätze wurden wieder aufgefüllt, und von den Toten sprach man nicht, nicht untereinander und schon gar nicht mit den Neuen.

Als sein Kollege G. aus dem Krankenhaus entlassen wurde, schickte man ihn zum Abwaschen in die Kantine, weil er für die Pumpen nicht mehr taugte. Er hätte vermutlich gemerkt, wenn ein anderer am Platz des Gustav U. gestanden hätte. Er suchte in den ersten Tagen auch nach ihm, durch das Fenster der Essensausgabe konnte man von der Abwaschküche aus einen Teil der Kantine überblicken. Einmal war er drauf und dran, die Luzie L. nach ihm zu fragen, das Mädchen, das beim Servieren half. Aber gerade da schlug sie mit einem dreisten Lachen nach der Hand, die sie beim Arm packte, und da ließ er es lieber.

Im großen Saal des Verwaltungsgebäudes wurde das Datum des Unglücks in die weiße Marmorwand, rechts hinter dem Rednerpult, eingemeißelt: der 14. September. Darunter hing ein Kranz aus vergoldeten Lorbeerblättern, der von da an regelmäßig abgestaubt wurde. Er hing wohl auch für Gustav U. dort. Die Kessel waren wieder gefüllt, die Schornsteine rauchten, morgens, mittags und abends heulten die Werksirenen. Der Jahresbericht des Konzerns, dem das Werk in B. angehört, füllte auch im folgenden Frühjahr wieder vier Seiten der Wirtschaftsbeilagen sämtlicher großer Tageszeitungen. Zu Beginn der Weihnachtsfeier hatte sich die Belegschaft zwei Minuten zu stillem Gedenken im großen Saal des Verwaltungsgebäudes erhoben.

Zwei Monate nach der Explosion fiel einer Angestellten der Lohn- und Gehaltsabrechnungsstelle die Karteikarte des Gustav U. in die Hände, die seit dem Unglückstag nicht mehr gelocht worden war. Kein Lohn, keine Steuern, keine Krankmeldung, keine Entlassung. Sie nahm die Karte, um den Abteilungsleiter zu fragen. An der Tür seines Vorzimmers hörte sie bereits seine erregte Stimme, die sich im Zorn überschlug; sie bekam Angst, faltete die Karte zusammen, ließ sie in ihrem Jackenärmel verschwinden und warf sie auf dem Heimweg in einen Mülleimer. Wenn man ihr gesagt hätte, daß sie es war, die ihn vernichtet hätte, wäre sie an jenem Abend nicht einmal überrascht gewesen. Später leugnete sie, den Namen je gehört zu haben, da er sich ihrem Gedächtnis nicht eingeprägt hatte, wohl aber die Nummer. Hätte man sie nach der Nummer 07 0647 gefragt, wäre sie rot geworden und hätte vermutlich ihren Fehler eingestanden.

Als dieser Mann mit der Kontrollnummer 07 0647 etwa fünf Stunden nach der Explosion das Bewußtsein wiedererlangte, züngelten gerade die ersten Flammen nach seinen ölgetränkten Hosenbeinen. Er wälzte sich ein Stück zur Seite, kam auf Gras zu liegen, streifte die Hosen ab und lag still da, den Kopf mit beiden Armen schützend. Einmal drangen Schreie bis in seine Nähe, und ein anderes Mal meinte er, Wasser zu riechen und das Prasseln von Wassergarben zu hören. Zum Rufen war er zu erschöpft. Als er zum zweitenmal aufwachte, war es immer noch dunkel, aber hinter den Rauchwänden stand irgendwo die Sonne. Dann fing es an zu regnen. Er breitete Arme und Beine weit aus und ließ die Tropfen in seinen ausgetrockneten Mund fallen. Später rieb er sich mit dem regennassen Taschentuch den Ruß aus den Augen und das Öl von den Lippen und Nasenlöchern, kämmte sich sogar, suchte seine Hosen, fand sie und ging dann weg. Damals hatte er nichts weiter vorgehabt, als wegzugehen. Raus aus der Hitze, dem Ölgestank, dem Rauch, dem Dröhnen. Sein Kopf war benommen, er ging langsam, manchmal taumelte er voran, ohne den Weg wiederzuerkennen, den er am Vorabend noch mit Luzie L. und ihrem Jungen gegangen war. Im Dorf schenkte ihm jemand einen alten Anzug, aber als sie ihn umringten und etwas hören wollten, ging er weiter; er schlief im Freien, bis er vor Hunger wach wurde und wieder weiterging. Was er wollte, wußte er nicht. Aber er wußte, was er nicht mehr wollte: er wollte nicht zurück. Er wollte keine ölverschmierten Hosen mehr anhaben und nicht mehr mit Männern in einer Baracke schlafen müssen, er wollte nicht mehr an der Stechuhr vorbei müssen, er wollte nicht mehr in Kantinen essen, er wollte keine Nummer mehr sein.

Schon früher war das einmal über ihn gekommen, daß er nicht mehr mitmachen wollte, nur daß er damals jünger gewesen war und gewußt hatte, was er statt dessen wollte. Aber schon nach drei Wochen hatten sie ihm die Frau weggeholt, Ija W., eine Fremdarbeiterin aus Polen. Er hatte sich selbst gestellt und war zu einer Strafkompanie abkommandiert worden. Er hatte Minen geräumt. Aber er war einer, der immer davonkam. Vielleicht lag es daran, daß ihm das Leben nicht mehr viel bedeutete. Er hatte nichts mehr zu verlieren.

Manchmal hat er gehofft, daß er sie noch einmal finden würde: eine Frau, die jener anderen glich. Mit ihr wollte er alles neu anfangen. Arbeiten wollte er und eine Wohnung haben mit einer Korridortür, an der sein Name stand und sonst keiner, und ein Schlafzimmer mit weißbezogenen Betten und einen Jungen, aber der mußte Vater zu ihm sagen und nicht Onkel. So vermessen war er in den ersten Wochen, daß er glaubte, sie würde ihm begegnen, einfach so auf der Straße, wie damals.

Viele sind ihm begegnet, und mit einigen ist er auch mitgegangen, aber was er bei ihnen suchte, besaßen sie alle nicht, und was sie bei ihm suchten, besaß er nicht. Und eines Tages stand er dann wieder auf der Straße.

Gleich am Anfang hatte er sich einen neuen Namen zugelegt. Er nahm an, daß man diesen Gustav U. vermissen und verfolgen würde. Er entschied sich für ›Paul Weber‹. Davon gab es sicher viele und nun also auch ihn. In den langen Nächten dachte er sich Geschichten aus, weshalb er keine Papiere besaß und wie er sich durchmogeln wollte, ohne Kennkarte, ohne Arbeitspapiere und ohne polizeiliche Abmeldung. Großartige Abenteuer hatte er erfunden, die niemand hören wollte. Man gab ihm ein Bett, ohne nach seinem Namen zu fragen, und man gab ihm zu essen, wenn er Geld in der Tasche hatte. Und Arbeit fand er auch. Er hatte alles mögliche gelernt in den vierzig Jahren, in denen er Volksdeutscher und Heimatvertriebener gewesen war. Einmal half er an einer Tankstelle aus und das andere Mal beim Mähdreschen, er fuhr den Trecker für ein Fuhrunternehmen und arbeitete ein paar Wochen in einer Molkerei. Keine Papiere? Dann brauchte man auch keine Sozialbeiträge für ihn zu zahlen. Paul hieß er? Warum nicht, also rief man ihn Paul.

Aber immer kam dann ein Morgen, an dem er weiter mußte. Nicht, weil man ihn fortschickte. Er mußte sich seine Freiheit bewahren. Städte, Dörfer, Autostraßen, Feldwege. Winter und Frühling und Sommer. Ohne daß er es wollte und merkte, geriet er unter jene, die auf den Straßen leben, weil sie kein Zuhause haben; die frei sind, weil es niemanden gibt, der sie hält.

Eines Tages bekam er Sehnsucht nach seinem alten Namen. Daß jemand ihn ›Gustav‹ nannte. Und wenn es die Luzie gewesen wäre oder der alte G. Zum erstenmal überlegt er, wen es wohl damals erwischt hatte und wer davongekommen war wie er, und einen Augenblick lang war er noch einmal stolz darauf, daß er ihnen entwischt war. Einen tollen Streich hatte er ihnen gespielt! Sie würden ihn gesucht haben, ihn, den Gustav U.! Ganze Kolonnen würden sie ausgeschickt und den Wald nach ihm abgekämmt haben. Vielleicht hatten sie ihn sogar durch die Zeitung suchen lassen! Und erst ganz zum Schluß hatten sie dann auf seine Personalkarte geschrieben, daß er bei der Explosion am 14. September sein Leben für die Treibstoffwerke in B. gelassen hätte. In treuer Pflichterfüllung.

Es tat gut, sich das auszumalen, wenn er nachts zwischen den anderen Männern in der Baracke lag und nicht schlafen konnte, weil das Bellen eines Hundes ihn nicht zur Ruhe kommen ließ. Er kam sich so verloren vor wie der Hund, der durch die Nacht streunte. Er dachte sich aus, wie er aus der Baracke schleichen wollte, um den Hund zu suchen, und wie er ihn zu sich locken wollte und ihn streicheln. ›Jawohl, mein Alter‹, würde er sagen. ›Wir beide! Es ist doch gar nicht so schlimm. Laß doch die andern! Wenn erst die Nacht rum ist, wird alles besser, dann gehen wir zusammen los, wir beide. Komm, sei ruhig!‹ – So würde er sagen.

Es war noch kein volles Jahr vergangen, als er wieder in B. ankam. Nicht daß er abgerissen und halbverhungert vor dem Pförtner gestanden hätte. Er kam wie einer, der auf sein gutes Recht pochen konnte. Hier bin ich! Ihr habt wohl gedacht, ich wäre mit in die Luft gegangen. Ich bin noch am Leben! Er hatte sich vorgestellt, daß der Pförtner blaß werden würde, wenn er ihn sähe und seinen Namen hörte. Aber er wurde nicht blaß, niemand wurde blaß, niemand konnte sich an sein Gesicht und seinen Namen erinnern.

»Seht doch auf meiner Karte nach!« schrie er. Aber seine Karte befand sich in keiner Kartei.

Jeanette und ihre Väter

Wie möchtest du am liebsten heißen?

›Alexandra! Oder Jeanette!‹

Nennen wir sie Jeanette, der Name paßt zu dem dunkelhaarigen, zierlichen Mädchen, das soeben sechzehn Jahre alt geworden ist. Im Sommer hat sie mit ihrer Klasse mehrere Wochen in Frankreich verbracht, seitdem trägt sie das Wappen Frankreichs und das Wappen von Montpellier auf ihren schwarzen Samthosen, in Höhe der Knöchel. Sie kleidet sich wie andere Mädchen ihres Alters, aber sie wandelt das Uniforme phantasievoll ab, schwarzer, rotgestickter Kittel aus Israel, schwedische Holzpantinen. Sie parliert fast mühelos französisch. Wenn sie mittags aus der Schule kommt, sucht sie ungeduldig nach Post von ihren Freunden aus Montpellier. Sie verlangt nach Briefen, nach Bestätigung. Sie hat erst eben begriffen, daß man Briefe schreiben muß, um Briefe zu erhalten. Geben und Nehmen, eines als Voraussetzung für das andere. Die Eltern versuchen behutsam, ihr das beizubringen. Sie gehen in allem behutsam mit diesem Kind um, es hat schon früh Schaden erlitten, sie müssen heilen.

Die Mutter nennt sie beim Kosenamen, der Vater kannte sie nicht, als sie ein kleines Kind war. Sie braucht viel Liebe, fragt ständig: ›Habt ihr mich lieb?‹, fordert: ›Habt mich doch lieb!‹ Anders als andere Kinder.

Jeanettes leiblicher Vater ist ein Wissenschaftler, der in der Industrie arbeitet, auf Aufstieg und Erfolg bedacht. Er nahm sein Kind kaum wahr, nahm auch seine junge Frau kaum wahr, bis sie dann krank wurde. Nicht unheilbar, wie es zunächst schien, sondern heilbar, operierbar; wieder und wieder Krankenhäuser, Sanatorien, da erst nahm er sie wahr, und da ließ er sie im Stich. Er verließ sie und das Kind, verließ die Stadt und, um sicherzugehen, auch die Bundesrepublik. Er nahm das Angebot eines holländischen Konzerns an. Jeanette, damals knapp drei Jahre alt, blieb in der Obhut einer Haushälterin zurück, die sie nicht ›Tante‹ nannte, kein Muttterersatz; sie sagte ›Frau D.‹, spricht heute noch manchmal von Frau D., die sie gewissenhaft versorgte. Hin und wieder kam die Mutter zwischen zwei Krankenhausaufenthalten für ein paar Tage zu Besuch. Jeanette scheint unter der Trennung von der Mutter nicht allzusehr gelitten zu haben, die Bindung war stark genug. In den ersten wichtigsten Lebensjahren hatte die Mutter einen Vorrat an Liebe in dem Kind angelegt, von dem es zehren konnte. Den Vater vergaß es, fragte nie nach ihm. Jeanette erinnert sich nur, daß sie einmal in jenen Jahren mit ihm an einem Fluß spazierengegangen ist und daß eine Frau dabei war, die sie ›Tante Claudia‹ nennen sollte. Sie hat das widerstandslos getan.

Nach fast drei Jahren wurde die Mutter aus dem Sanatorium entlassen, zwar immer noch schonungsbedürftig, aber doch nahezu gesund. Sie kehrte nach T. zurück. Mit ihr kam ein Mann, den Jeanette nie zuvor gesehen hatte, aber sie faßte sofort Vertrauen und Zuneigung zu ihm, sah ihn wohl mit den Augen der Mutter und fand in Ordnung, daß die Mutter ihn heiratete. Von der Scheidung der Eltern hat sie nichts wahrgenommen; die Mutter hat sie davon erst unterrichtet, als alles vorüber war. Der bisherige Vater hinterließ keine Lücke. Jeanette führt weiterhin seinen Namen, er sorgt finanziell für sie, tut es großzügig, wie es seiner wirtschaftlichen Lage entspricht.

Bei der kleinen Hochzeitsfeier sagte Jeanette mit aller Entschiedenheit: Wir drei bleiben jetzt immer zusammen! Von nun an hatte sie zwei Väter. Den ersten nennt sie ›Papi‹, den zweiten ›Pappi‹ – zur Unterscheidung. Wenn ich noch einen kriege, schreibe ich den sicher mit drei p, sagt sie. Sie hat den raschen Witz der Mutter geerbt und hat gelernt, nahezu unbefangen von ihren Vätern zu sprechen. Den biologischen Vater sieht sie zweimal im Jahr, sie findet ihn ganz nett, findet auch ›Tante Claudia‹ nett, die er inzwischen geheiratet hat. Es gibt dort einen kleinen Sohn. Mein Bruder? Nein, sagt sie, das ist kein Bruder!

Vater I greift nicht in ihre Erziehung ein, vielleicht aus Schuldgefühl nicht, wahrscheinlicher aber, weil er die Welt, in der seine Tochter aufwächst, billigt. Jeanette hat einen konservativen und einen liberalen Vater, beide haben ihre Väter im letzten Krieg verloren; vaterlose Söhne, großvaterlose Enkel. Noch sind die Toten des letzten Krieges nicht aus der Statistik herausgewachsen.

Von ihrem Vater hat sie den Verstand geerbt und die Zielstrebigkeit, von der Mutter Aussehen, Anmut und Empfindsamkeit. Vater II hat ihre Anlagen unter Kontrolle und versucht auszubalancieren. Er ist Kunstpädagoge, arbeitet freiberuflich und ungesichert. Ein Jahr lang hat er mit dem Kind täglich gemalt. Sie hat ihre Probleme aus sich herausgemalt, auf Hunderten von Blättern, ohne Scheu vor großen Formaten und kräftigen Farben. Seither malt sie nicht mehr.

Während Jeanette erzählt, lebhaft, manchmal auch nachdenklich, spielt sie mit einem Phantasietier aus rotem Leder, lose mit Körnern gefüllt, verformbar. Früher konnte ich überhaupt nicht allein sein, sagt sie. Jetzt reist sie allein, bleibt auch allein im Haus. Die Angst, daß man sie wieder im Stich lassen könnte, daß sie zurückkehrt und keiner ist mehr da, scheint überwunden. In den ersten Jahren haben sich die Eltern zu jeder Stunde daran gehalten: Wir drei bleiben immer zusammen. Gleich nach der Eheschließung haben sie ein Bauernhaus in der Nähe von T. gemietet. Jeanette wurde in eine einklassige Volksschule umgeschult. Das war kurz vor Weihnachten, und alle Rollen für das Krippenspiel, das in der Kirche aufgeführt werden sollte, waren bereits vergeben. Sie hat niemandem etwas davon gesagt, hat sich ein Kleid der Mutter angezogen, das über den Boden schleifte, hat sich einen Reif ins Haar gesetzt, hat eine Käseschachtel mit Goldpapier beklebt und ist zur Dorfkirche geschritten. Ich bin der vierte Heilige-Drei-König, hat sie erklärt, es muß auch eine Königin nach Bethlehem ziehen! Sie war sechs, allenfalls sieben Jahre alt, eine kleine emanzipierte Frau schon damals. Sie ging gern in diese Dorfschule, der Wechsel zum humanistischen Gymnasium fiel ihr schwer, weil sie sich von ihren Freundinnen trennen mußte. Abschiede kann ich überhaupt nicht! sagt sie. Sie möchte beliebt sein, sie möchte, daß man sie kennt. Wenn ein neuer Lehrer in die Klasse kommt, beteiligt sie sich besonders lebhaft am Unterricht. Er soll wissen, daß ich die Jeanette bin, er soll mich beim Namen nennen!

Jetzt besucht sie die Untersekunda, eine der Jüngsten in ihrer Klasse. Sie wirkt nicht wie ein Einzelkind, ihre Freunde und Freundinnen sind ihre Wahlgeschwister. Die Zeit der Tantenbesuche und Ferien bei der Großmutter ist vorbei; sie möchte mit Gleichaltrigen zusammen sein. Sie gehört keiner der Basisgruppen ihrer Schule an, aber sie sympathisiert mit ihnen. Da tut sich wenigstens was! Gammeln kann sie nicht leiden, zu Parties geht sie nicht. Die Jungen wollen ja doch immer nur knutschen! Sie versucht an die Primaner heranzukommen, mit denen möchte sie sich unterhalten. Den Erwachsenen gegenüber ist sie kritisch und auch unduldsam. Wenn wir von einem Lehrer mal ›konservatives Schwein‹ sagen, meinen wir das gar nicht so, wir finden ihn eigentlich ganz nett. Sie spricht keinen Slang. Schlagworte öden sie an. Wenn sie Schulaufgaben macht, tut sie das ganz konzentriert; anschließend hört sie dann Jimmy Hendrix, den schwarzen Gitarristen und Sänger, stundenlang, täglich. Ein Idol? Nein! sagt sie, aber seine Musik ist gut, anspruchsvoll! Sie teilt ihren Tag sorgfältig ein, besitzt das Organisationstalent des ersten Vaters. Gemeinschaftssinn und Verantwortungsgefühl versucht Vater II ihr beizubringen; es gelingt nur dort, wo sie sich für zuständig hält. Politik geht sie nichts an. Vater II stammt aus Thüringen, in jedem Jahr nimmt er Jeanette für eine Woche mit in die DDR. Eine Woche Weltanschauung. Die Teilung Deutschlands vor Augen: Kapitalismus – Kommunismus.

Ihr Lieblingsfach ist Griechisch, neuerdings auch Französisch und Deutsch. Insgesamt spielt die Schule in ihrem Leben keine große Rolle.

Die ästhetischen Bedürfnisse werden von den Eltern bewußt entwickelt. Die Unordnung, die Jeanette um sich verbreitet, wirkt künstlerisch. Puppen, Bücher, Pop-Plakate, es fehlt an nichts. Geschenke von Vater I. Aber diesem Mädchen imponiert Reichtum nicht. Was imponiert dir? Wer imponiert dir? Schreib es auf, du hast Zeit, ich lasse dich allein.

Nach einer Stunde gibt sie das Blatt zurück. Sie hat zunächst ›Indira Gandhi‹ darauf geschrieben, dann aber den Namen dick durchgestrichen. ›Sie führt Krieg wie die anderen auch!‹ steht dahinter. ›Mir imponiert keiner!‹ Statt dessen hat sie einen Teddybär gemalt und drei Vögel. Einer sitzt auf der Erde und pickt, einer fliegt, einer singt auf dem Dachfirst. Darunter steht in großen Buchstaben: ›Der Optimist imponiert mir, einer, der über sich selbst lacht.‹

Was hast du vor, Jeanette, was willst du aus deinem Leben machen? Die Antwort kommt ohne Zögern. Zuerst mal: kein Neunstundentag! Keine 23 Kalendertage Urlaub! Keine Pensionsberechtigung! Ich denke mir das so: Nach dem Abitur brauche ich erst mal ein Jahr Zeit, ich bin nämlich ziemlich verkorkst. Ich habe einen Verkaufstick! Am besten gehe ich als Verkäuferin in einen Papierladen oder in eine Buchhandlung. Früher habe ich jeden Tag Bücherverkaufen gespielt. Einwickeln, Schnur drum, auswickeln. Und Preisschilder! Preisschilder sammle ich heute noch! Ein richtiger Pack-Tick! Anschließend gehe ich ein halbes Jahr in ein Krankenhaus. Unfallstation, wo was los ist! Dann habe ich noch ein Vierteljahr, da könnte ich ja reisen, aber besser, ich versuche dann gleich an der Max-Reinhardt-Schule in Berlin anzukommen. Falls ich die Aufnahmeprüfung bestehe. Schauspielerin!

Sie will kein Star werden, sie will an einer kleinen Bühne spielen, immer in derselben Stadt, am besten in T., wo sie sich jedes Theaterstück ansieht, oft mehrmals, wo sie jeden Schauspieler kennt, wo sie nach der Premiere mit dem Ensemble zusammensitzen darf. Als erste sitzt sie vor Beginn der Aufführung im Saal, als letzte verläßt sie ihn. Die staatliche Erziehungsbeihilfe in Höhe von 360 Mark im Jahr verwaltet sie selbst, führt Buch, legt sie in Theaterkarten und Textbüchern an. Sie sammelt Kritiken, Programmhefte und Autogramme in Leitzordnern. Was tun die Schauspieler, wenn sie sich abgeschminkt haben und in ihr Auto steigen – das möchte ich wissen! Was tun die Leute überhaupt, wenn ich sie nicht sehe? Die Politiker zum Beispiel! Wie sollen die mir imponieren, ich kenne sie doch nur vor der Kamera!

Jeanette möchte später einmal in einer Mansardenwohnung leben, in Cordhosen und Pullovern. Ihr jetziges Zimmer liegt im ausgebauten Dachgeschoß des Bauernhauses, Vater II trägt Cordhosen und Pullover, die Mutter ebenfalls und auch Jeanette. Sie wünscht sich, was sie bereits besitzt. Wir drei bleiben immer zusammen! Habt mich doch lieb!

Sie liest Shakespeare, Brecht, Arrabal, Tardieu. Sie schreckt vor nichts zurück, aber zwischendurch liest sie Mädchenbücher. Sie liest und liest, unersättlich.

Wenn ich an der Max-Reinhardt-Schule nicht angenommen werde, sagt sie, das wird ja bestimmt der Fall sein, ich will das nur, aber sicher bin ich nicht begabt genug, dann werde ich Sprachen studieren. Lektor an einer Schule in Frankreich! Aber dann muß ich vorher heiraten, falls dann Heiraten überhaupt noch Mode ist! Als Schauspielerin brauche ich keinen Mann, aber wenn ich studiere, dann will ich nicht allein sein. Beruf und Mann, das geht, Beruf und Familie geht nicht. Ich brauche keine eigenen Kinder. Man soll doch erst mal die aufziehen, die bereits auf der Welt sind! Nach zehn Jahren kann man sich wieder fortpflanzen, ich meine, wer das unbedingt will! Beim Sprechen wie beim Briefschreiben verwendet sie nach jedem Satz ein Ausrufungszeichen.

Sie setzt das rote Ledertier energisch auf den Tisch. Jedenfalls: Mansarde, Cordhosen und Pullover, das steht fest! Sie lacht, schiebt die langen schwarzen Haarsträhnen hinter die Ohren, erste Anzeichen von Selbstironie bei einer Sechzehnjährigen.

Schauspielerin oder Dozentin, das eine oder das andere. Sie plant den Ausweg mit ein.

Alles ist noch Entwurf, alles noch Skizze.

Batschka – wo liegt das überhaupt?

Barbara G. Ich höre wieder ihr »Wenn der Kukuruz gelb wird ...«, höre ihr »Ave Maria«, ihr »Heilige Mutter Gottes, bitte für uns Sünder, jetzt und in der Stunde unseres Todes«, das jäh unterbrochen wird von: »Er hat eine andere! Er hat eine andere Frau!« Sie sieht mich mit ihren schwarzen Augen an, die vom Fieber glänzen, und streckt den abgemagerten Arm nach meinem Bett aus. Ich reiche ihr meinen Handspiegel. Sie richtet sich mühsam auf, zieht das Kopftuch tiefer in die Stirn und schiebt das braune Haar zurück; sie zieht die Oberlippe hoch und betrachtet ihre Zähne, schiebt mit dem Daumen die Unterlippe nach unten und betrachtet die zweite Reihe ihrer weißen, festen Zähne. Zähne einer Fünfundzwanzigjährigen. Dann hebt sie mit der Hand ihre Brüste hoch. Erst die rechte, dann die linke. Sie sind mager und schlaff und fallen herab, wenn sie sie losläßt. Nach dieser Bestandsaufnahme sinkt sie wieder in die Kissen, der Spiegel rutscht auf den Boden, er ist unzerbrechlich, er scheppert auf den Fliesen unseres Krankenzimmers. Wir horchen beide, ob nicht die Stationsschwester wieder ins Zimmer gestürzt kommt. Barbara G. seufzt und murmelt ein neues »Ave Maria ... Heiligstes Herz Jesu, erbarme dich unser«. Sie faltet die Hände um ihr Gebetbuch, ein Bild der Mutter Gottes fällt aus den Seiten, sinkt langsam zu Boden und bleibt neben dem Spiegel liegen.

Der Professor hat sich entschuldigt, bevor er mich mit dieser Frau ›aus einfachen Verhältnissen‹ zusammengelegt hat. »Ein armes Menschenkind,« sagt er, »sie wird Sie nicht stören. Ein schreckliches Leben! Irgendwo aus dem Osten. Bosnien, glaube ich. Dreizehn Jahre im Lager! Unter Hitler und unter Tito und dann ausgewiesen und jetzt bei uns. Wieder im Lager! Der Mann lebt noch. Hat angeblich keine Wohnung. Kann sie nicht holen. Wir haben ihm geschrieben, daß es ernst aussieht. Die Tschechen haben sie mit Steinen aus ihrem Dorf vertrieben! Das Kleinste trug sie auf dem Arm. Ein Steinwurf hat es getötet, sie hat es am Wegrand liegenlassen. Der Junge ist epileptisch, vierzehn Jahre alt, und dann noch ein Mädchen, das hat einen steifen Arm. Und jetzt liegt sie hier bei uns. Ein schreckliches Leben!« sagte er noch einmal und sah mich an, als müßte ich, konfrontiert mit einem so viel schwereren Schicksal, gleich geheilt sein. Er versprach mir ein Einzelzimmer. »Ein Notbehelf«, sagte er, »ein armes, bedauernswertes Menschenkind.«

Sie hat die Augen geschlossen, flüstert in die Hände, unter denen sie ihr Gesicht verbirgt, wenn sie sich fürchtet. »Sie sollen mir keine Spritzen geben! Heilige Mutter Gottes, erbarme dich!« Dann schläft sie ein und wird erst wach, wenn die Diakonissin vor ihrem Bett steht, die Spritze fertig präpariert, die Decke wegzieht und nach ihrem Oberschenkel greift. Sie will keine Spritzen, das ist Gift. Man wird sie vergiften, weil sie krank ist! Ich mische mich ein: »Schwester! Geben Sie mir das, das ist doch Morphium!«

»Das könnte Ihnen so passen!« Sie macht die Injektion, tupft mit Watte die Einstichstelle ab, klopft der Kranken gleichzeitig auf die Backe. »Sehen wir denn aus, als ob wir euch vergiften wollten?«

»Aufs Aussehen kann man nichts geben. Die hatten alle so weiße Kittel an wie ihr hier.«

Die Diakonissin bückt sich nach dem Bild der Mutter Gottes, wirft einen mißbilligenden Blick darauf, greift nach dem Gebetbuch, um beides auf den Nachtkasten zu legen. Jetzt schreit die Kranke noch lauter: »Nein! Das kriegt ihr nicht!«, packt den Arm der Schwester, fletscht die Zähne, gleich wird sie in das dicke weiße Handgelenk der Schwester beißen. Aber die legt bereits in ihrer ungeduldigen Geduld das Buch aufs Bett, bückt sich noch einmal, um auch noch meinen Spiegel aufzuheben, legt ihn mit der gleichen Mißbilligung auf meinen Nachtkasten und geht zum Fenster, um es zu öffnen. Ich fürchte erneutes Geschrei und bitte sie, es wieder zu schließen. Draußen ist harter Frost. Februar. Es liegt Schnee, vor ein paar Tagen war er blendend weiß und machte unser Zimmer ganz hell, es liegt halb unter der Erde.

»Es ist eine Luft hier zum Ersticken!« sagt sie.

Ich greife nach dem Kölnisch Wasser und drücke auf den Zerstäuber. »Lassen Sie uns doch gewähren, Schwester! Mich stört es nicht, und Sie gehen doch gleich wieder.«

»Batschka!« sagt sie. »Wo liegt das überhaupt?«

»In den Niederungen der Theiß. An der Donau. Es muß ein herrliches Land sein, wenn der Kukuruz reif wird und die Sonnenblumen schwer sind wie Honigwaben.«

»Es wird Zeit, daß Sie in ein anderes Zimmer kommen! Hier werden Sie nie gesund.«

»Wenn ich irgendwo gesund werden kann, dann hier, Schwester. Geben Sie ihr doch die Zwiebel, der Professor hat es erlaubt!«

Das wiederholt sich, Tag für Tag. Die Spritzen, die Heiligenbilder, der Kampf um das Öffnen des Fensters, die Batschka, die Zwiebel. Nach einer Weile kommt dann die Hilfsschwester und bringt auf einem Teller eine dicke rohe Zwiebel, geschält und bläulich schimmernd, daneben liegen Messer und Gabel. Das Mädchen rümpft die Nase, als ekle es sich vor einer rohen Zwiebel. Ich rufe leise: »Frau G. . .! Frau G. . .!«

Sie schreckt aus ihren Träumen auf und ruft: »Hier Barbara G. . . aus . . .«

»Nicht doch! Sie sind im Krankenhaus, nicht im Lager!«

Sie sieht sich um, woher die Stimme kommt, ihr Blick erfaßt mich erst nach Sekunden, dann holt sie ihn zurück, läßt den Kopf aufs Kissen fallen. »Ach, Sie sind es! Sind Sie immer noch da? Warum liegen Sie hier? Warum sind Sie nicht zu Hause, bei Ihrem Mann?«

»Ihre Zwiebel!«

»Zwiebeln!« sagt sie. »Wenn man krank ist, muß man Zwiebeln essen, viele rohe Zwiebeln!« Sie faßt mit beiden Händen danach, wirft das Besteck beiseite, richtet sich auf und beißt mit ihren kräftigen Zähnen in die Zwiebel, als sei es ein Apfel. In ihren Augen steht blankes Wasser. Sie kaut. Ich höre das Mahlen ihrer Zähne. Gleich wird sie beginnen mit »Bei uns in der Batschka . . .«

Ich lege mich zurecht, schließe die Augen, damit ich sehen kann, was sie erzählt. »Wenn der Kukuruz gelb wird, dann ziehen die Graugänse übers Dorf, zum Schwarzen Meer . . .«

Ich kenne die Geschichte längst. Nie ändert sie ein Wort. Wie eine Litanei gleiten die Geschichten aus ihrem Dorf und aus den Lagern an meinem Ohr vorbei, manchmal nur unterbrochen von einem »Ave Maria«. »Sie müssen beten! Sonst können Sie nicht gesund werden! Sonst können Sie nicht schlafen! Ich vergesse immer, wer Sie sind!«

Früh am Morgen, wenn es noch dunkel ist, weckt uns die Nachtschwester. Sobald sie ans Bett der Barbara G. tritt, um sie frisch zu betten und zu waschen, vollzieht sich immer dasselbe Schauspiel. Die Kranke wehrt sich mit Händen und Füßen, sie schlägt nach der Waschschüssel, bis der Kittel der Schwester vor Nässe trieft. Sie lacht dazu, ihre Zähne blitzen, ihre schwarzen Augen funkeln. Sie greift nach ihrem rosafarbenen Kopftuch, um es mit dem blauen, das sie nachts trägt, zu vertauschen. Das ist alles an Morgentoilette, was sie für nötig hält. Nur zum Händewaschen erklärt sie sich bereit. Sie ist nicht schmutzig! In einem weißen Bett!

Sie beobachtet mit Interesse, was alles mit mir geschieht: Waschen, Kämmen, Zähne putzen, das komplizierte Straffziehen der Laken. Nach einigen Tagen willigt sie ein, daß man auch ihren Puls zählt, das erscheint ihr ungefährlich. Sie wünscht zu erfahren, wieviel Pulsschläge man bei ihr und wieviel man bei mir gezählt hat. Je mehr, desto besser! Auch das Fieberthermometer findet ihr Gefallen, sie wacht eifersüchtig darüber, wer höhere Temperaturen hat, sie oder ich.

Wir bleiben wieder allein, zugedeckt bis zum Hals, das Fenster weit geöffnet. Ich habe zum erstenmal einen Lippenstift benutzt. Sie betrachtet mich eingehend, sagt dann: »Geben Sie mir das auch mal! Die andere macht das bestimmt immer.« – In den vom Fieber aufgerissenen Mundwinkeln klebt das Rouge wie trocknes Blut. Sie versucht, mit dem bemalten Mund zu lachen, Verzweiflung in den Augen. Es hat sie angestrengt, sie atmet mühsam, sinkt zurück, Stift und Spiegel fallen auf den Boden. Alles, was ihr lästig ist, schiebt sie beiseite. Sie ist krank. Wer krank ist, regiert. Sie ist die Krankheit.

Vom Flur hören wir Schritte und gedämpftes Sprechen: die Visite nähert sich. Die Stationsschwester wirft vorher einen Blick in unser Zimmer, hebt auf, was wir verstreut haben, schließt das Fenster, zieht unsere Decken glatt, klopft der Barbara G. auf die Backe, das tun sie alle, auch der Professor.

Er tritt ein. Das Lächeln bringt er fertig mit durch die Tür. »Guten Morgen, meine Damen!« Und dann: »Ah, unsere heilige Barbara!«, klopft ihr auf die Backe, wechselt einen Blick mit dem Stationsarzt: er wird sich die Operationswunde selbst ansehen. Der Verbandwagen wird ins Zimmer geschoben. Aber noch bevor alle Vorkehrungen getroffen sind, wird das Vorhaben aufgegeben. »Lassen wir sie heute noch mal in Ruhe! Wir wollen sie doch nicht quälen!« Er schiebt das Hemd über ihrer Brust zur Seite, horcht mit dem Stethoskop. Dagegen hat sie nichts einzuwenden. Er klopft den Rücken ab, vornehmlich das rechte Schulterblatt, etwas unterhalb, wieder ein rascher Blick zum Stationsarzt, dann seine halblauten Anordnungen. Ich höre undeutlich »inhalieren«, »punktieren«.

Bei mir verweilt die Visite nur kurz. Das ärztliche Knäuel löst sich gar nicht erst auf. Eine leise und höflich geäußerte Entschuldigun. Ein Wink. Ich habe verstanden. Man muß ihr jetzt alle Wünsche erfüllen. Es steht demnach schlecht. Er erkundigt sich, ob man mich nicht doch noch verlegen solle, ein Einzelzimmer sei jetzt frei. »Nein, bitte nicht!«

Rippenfellentzündung? Lungenentzündung? Oder beides? Sie bekommt Penicillin.

Der Inhalierapparat wird neben ihr Bett gerollt, schon fängt er an, heißen Dampf zu versprühen. Sie sieht es in hellem Entsetzen. Als man den Strahl gegen ihr Gesicht richtet, weint sie plötzlich, was sie bisher nie getan hat, weint um Barmherzigkeit. Die junge Schwesternschülerin drückt verzweifelt auf den Klingelknopf, die Stationsschwester kommt, der Oberarzt, der Pfleger von der Männerstation. Man bringt den Apparat in Sicherheit und einigt sich auch diesmal: Lassen wir sie in Ruhe! Es ist die vorletzte. Alle wissen es.

Die Tür schließt sich, wieder sind wir allein. Sofort liegt sie still da und hat ihr friedliches Lächeln um den Mund. Die Haut spannt sich gelblich-braun über den Backenknochen. Sie ist schön, diese arme kranke Barbara G., in all ihrem Elend ist sie noch schön. Sie schläft nie ganz fest, sie horcht auch noch im Schlaf, es ist zu viel Furcht in ihr, und jetzt sagt sie, ohne sich zu mir zu wenden: »Sterben kann man erst, wenn man einen Platz gefunden hat für sein Grab und bei dem ist, der einen begraben soll.«

»Wer redet denn von Sterben!«

»Ihr denkt das bloß. Ihr denkt immer was anderes, als ihr sagt!«

Sie nimmt ihr Gebetbuch wieder in die Hand, blättert darin, betrachtet die Bilder ihrer Heiligen. Ich schlage mein Buch auf, aber ich habe noch nicht den ersten Satz gelesen, da sagt sie schon: »Ich habe auch mal einen Roman gelesen!« Ich klappe mein Buch wieder zu, sie behält ihres in der Hand und beginnt, mir die traurige und schöne Geschichte von dem jungen Grafen zu erzählen, der an einem Frühlingsmorgen durch die Birkenallee reitet ... Ich erinnere mich nur an diese Birkenallee, den Frühlingsmorgen und den schönen traurigen Grafen. Dabei hat sie mir die Geschichte immer wieder erzählt, ihr einziges Buch, außer dem Gebetbuch. Einmal hat sie sich meine Bücher geben lassen, den ganzen Stoß, der sich auf meinem Nachttisch stapelte. Hinterher, als alle bereits auf dem Boden lagen, sagte sie: »Es steht doch immer nur dasselbe darin. Immer nur was von den Menschen. Geburt und Tod und Tod und Geburt. Das kommt und geht, kommt und geht wieder, das braucht man doch nicht zu lesen, das weiß man doch.« Ich war so unvorsichtig zu lachen und sie an ihren Grafen zu erinnern. Gleich fängt sie mit der Geschichte von vorn an: die Birkenallee, der Frühlingsmorgen, der schöne traurige Graf. Mittenhinein kommt die Schwester mit der nächsten Spritze, die Kranke wechselt über zu ihren Gebeten, die mich einschläfern.

So geht es über Wochen. Niemand weiß, ob sie Schmerzen hat. Wenn man sie fragt, sagt sie nein, aber mit Angst in der Stimme. Manchmal, wenn sie annimmt, daß ich schlafe, setzt sie sich auf, stopft die Decke fest um sich, streicht mit beschwörenden, fiebrigen Händen darüber, murmelt Worte, die ich nicht kenne. Ich fange an zu glauben, daß sie unter ihrer Decke die Krankheit verbirgt, ein böses Tier, einen Dämon, an den man nicht rühren darf.

Wie ein Spuk tauchen vor unseren Fenstern Masken auf: die Küchenmädchen gehen zum Karneval. Der Schnee schmilzt, stürzt nachts vom Dach in den Garten, rauscht in der Regenrinne. Dann brauner Rasen. Plötzlich sind die Stare da, ändern ihr Gefieder, glänzen, bekommen gelbe Schnäbel, zupfen Marienblümchen aus dem Rasen, der grün wird.

Barbara G. wird immer magerer. Sie phantasiert jetzt oft. Ihr Mann, der eine andere hat, taucht dabei immer häufiger auf. Eines Tages kommt ein Brief von ihm. Er wird sie besuchen, er hat eine Wohnung mit zwei Zimmern und einer Küche. Wir wissen es längst alle, die Stationsschwester hat den Brief geöffnet, weil die Kranke es selber nicht mehr kann.

Bevor die Nachtschwester früh mit den Fieberthermometern kommt, wird es jetzt schon hell bei uns. Es ist wieder wie in den ersten Tagen nach der Operation: Barbara G. wacht auf, erblickt die hellblauen Wände und die schneeweißen Laken und wähnt sich im Himmel. Ihr Lächeln vertieft sich, sie ist glücklich. Ich sage: »Guten Morgen!« Sie wendet langsam den Kopf zu mir, blickt mich aufmerksam an und sagt dann: »Ach, Sie sind es!« An mir erkennt sie jedesmal, daß sie nicht im Himmel ist.

An einem Morgen, als wir noch allein sind und sie klarer zu sein scheint als sonst, erzähle ich ihr von dem Brief. Als ich fertig bin, befiehlt sie: »Noch einmal!«

Ich berichte noch einmal alles, was ich weiß.

Sie fragt: »Eine Küche? Mit fließendem Wasser? Wann

kommt er?«

»Ende dieser Woche. Er hat zwei Tage Urlaub.«

»Urlaub? Ist wieder Krieg?«

»Nein! Er hat Ferien! Er braucht an zwei Tagen nicht zu arbeiten!«

»Was ist heute für ein Tag?«

»Dienstag.«

Die Schwester kommt und nimmt die Anordnungen der Patientin entgegen. Die Hilfsschwester kommt, der Stationsarzt kommt.

Waschen, sagt sie, und kämmen! Zum erstenmal werden die Zöpfe geflochten, zwei Schwestern haben damit zu tun, so verfilzt ist das Haar vom langen Liegen. Dann will sie inhalieren, mit dem Apparat, der so faucht! Ein frisches Hemd! Den Brief! Spritzen soll man ihr geben, in jedes Bein eine! Den Spiegel! Den Lippenstift! Essen will sie! Fleischbrühe! Und Huhn! Und Wein!

Unsere Tür geht auf und zu. Aus den Nachbarzimmern kommen andere Patientinnen und bringen ihre Blumen zu uns und wollen die heilige Barbara sehen, an der sich ein Wunder vollzieht. Das Bett muß frisch bezogen werden! Die Fenster sollen weit geöffnet sein, den ganzen Tag, damit die Krankheit hinaus kann! Sie verscheucht sie mit ihren dünnen Armen, sitzt im Bett und schwenkt ihre Decken.

Sie wird gesund. Vor unseren staunenden Augen wird sie gesund. Das Fieber verläßt sie in großen Sprüngen. Sie ißt und schläft und betet. Von Dienstagmorgen bis Samstagnachmittag liegt sie da und wartet und bereitet sich vor auf den Augenblick, da ihr Mann zu ihr kommen und ihr sagen wird, daß er sie nun holen will, in die Wohnung mit der eigenen Küche und dem fließenden Wasser.

Aus den verschütteten Erinnerungsschächten tauchen die Kinder wieder auf. Vielleicht muß der Arm ihrer Tochter nicht steif bleiben? Sie soll auch ins Krankenhaus! Hier, in dieses Zimmer! Wo sind die Kinder?

»Im Heim!«

»Was ist das, ein Heim? Ein Lager?«

»Nein! Ein Haus, in dem viele Kinder zusammenleben.«

»Ein Kinderlager!«

Ich erkläre ihr den Unterschied, sie bleibt mißtrauisch.

Ich erzähle ihr von der Stadt, in der sie bald leben wird, alles, was ich weiß, und dann noch einmal dasselbe. Wenn ich müde bin und schlafen möchte, weckt sie mich auf: »Nicht schlafen!

Gesund werden! Ihr Mann soll Sie auch nach Hause holen!«

Und dann singt sie. Sie sitzt unter ihrem Kopftuchdach und singt. Die Hände auf der Bettdecke gefaltet. Ein Lied vom gelben Kukuruz, von den Graugänsen, die übers Dorf ziehen, und von der Liebe.

»Machen Sie doch Ihren eigenen Laden auf!«

Wo gehört ihr hin? sagt er zu seinen Hunden. Dann kehren die Hunde an ihren Platz zurück: ein Schritt voraus, links von ihrem Herrn. Keine Leine, da genügt ein Wort. Er gewährt Freiheit, aber er teilt das Maß zu. Auf den Wiesen dürfen die Hunde frei laufen, im Wald gehen sie bei Fuß.

Wenn D. D. gegen 17 Uhr *aus seinem Laden* nach Hause kommt, zieht er den abgetragenen Parka über, ruft die beiden Hunde und läuft eine Stunde lang, manchmal auch zwei – kein Spaziergang, sondern Lauf – gemeinsam mit seiner Frau, quer über die Wiesen, durch Hecken, durchs Dickicht. Wege benutzt er nur, um sie zu überqueren. Am Ende des Tales, dort, wo ein Bach sich in einer Biegung staut und das Wasser eine Tiefe von einem Meter erreicht, nehmen alle vier ein Bad, vom frühen Frühling bis in den späten Herbst, unabhängig von der Witterung. Sie tauchen unter, laufen mit den Hunden über die Wiese, vom Weidengebüsch notdürftig gedeckt – aber wer soll dort hinkommen, fern der Parkplätze und Spazierwege. D. D. spült Ärger und Anstrengung ab.

Briefkopf, Stempel, Lastzüge tragen seinen Namen; in blauem Neonlicht leuchtet er über den beiden Fabrikhallen. Die Betriebsangehörigen reden ihn mit *Chef* an; wer ein Haus bauen will und Kredit braucht, geht zum Chef, wer einen Tag frei haben will, weil er seine Kartoffeln ausmachen muß, geht zum Chef, dafür hat er Verständnis. Aber er hat kein Verständnis, wenn jemand am Montag bummelt. Er selbst betritt fünf Minuten vor sieben Uhr sein Büro. Er kann das Werktor vom Schreibtisch aus überblicken. Er erwartet, daß *seine Leute* um sieben Uhr an ihrem Arbeitsplatz stehen. Er vertraut ihnen, er ist großzügig, aber er läßt sich nicht ausnutzen.

Seit sein Name zum Firmennamen geworden ist, benutzen seine Freunde nur noch seine Initialen: Am Tage ›Chef‹, am Abend ›D. D.‹. Ein Arbeitgeber. Ein Unternehmer. Er selbst vermeidet beide Bezeichnungen, nennt sich ›Kaufmann‹, das hat er gelernt. Ein gelernter Kaufmann, aber ein geborener Unternehmer. Drei Chefs mußten ihm, dem Betriebsleiter, erst sagen: *Machen Sie doch einen eigenen Laden auf!* In der Gartenlaube seines Schwagers hat er das getan, im Sommer 1945, Nullpunkt deutscher Geschichte, aber auch das Gründungsjahr vieler Firmen.

Dieter D. war mit einem Lastwagen aus Sachsen gekommen.

Eine Schreibmaschine, ein Motorrad, eine Frau, drei kleine Kinder als Ladung. Bei der nächsten Reise in die sowjetisch besetzte Zone wurde er den Lastwagen los. Seine Mutter hatte er vor der Flucht in einem Notsarg beerdigt, der Vater blieb vorerst noch in Halle/Saale. Ein Vater zum Renommieren: mit fünfzehn Jahren weggelaufen von zu Hause und als Schiffsjunge auf einem Segler über die Weltmeere gefahren. Beim Boxeraufstand in China, 1905, wurde er auf dem Jangtsekiang verwundet und anschließend entlassen. Ein Vater, für den er sich als Schüler schämte: Pedell, Schuldiener an einer Volksschule in Berlin Nord, dazu Invalide, Prothesenträger, und das vor den Kriegen, als es im Deutschen Reich noch keine Kriegsinvaliden gab; ein Sozialdemokrat. Ein Subalterner ohne subalterne Gesinnung. Ein Vater, den er fürchtet, der schimpft und prügelt. *Du bist zum Sterben zu dämlich,* bläut er dem Sohn ein, das verwächst sich nie mehr, das geht unter die Haut, *zum Sterben zu dämlich*. Untere Beamtenlaufbahn, dann Aufstieg in die mittlere Laufbahn, mehr war für den Vater nicht zu erreichen. Als man nach seiner Frau schickt, damit sie die Wohnung des Schuldirektors putze, geht er hin und erklärt, daß man ihn, nicht seine Frau, als Schuldiener angestellt habe. Er kennt seine Beamtenpflicht, er kennt aber auch sein Beamtenrecht. Zwei Kinder sterben an Scharlach, Dieter bleibt übrig, über ihm ballen sich die Liebe der Mutter und die Strenge des Vaters zusammen. Verwöhnung und Ehrgeiz. Der Vater kommandiert im Schulgebäude, aber auch in der Dienstwohnung, im Kellergeschoß. Er verschafft dem Sohn ein Stipendium fürs Gymnasium. Andere Väter sind Zahnarzt, Studienrat, Rechtsanwalt.

Er wird ein mittelmäßiger Schüler, sitzt, ohne zu lernen, täglich drei Stunden über den Hausaufgaben, niemand, der ihm beibringt, wie man lernt, statt dessen Prügel. Die Mutter sagt zu allem: ja, Gustav. Is gut, Gustav. Von ihr lernt der Junge den passiven Widerstand, ja-sagen, nein-tun. Sie schenkt ihm ein Tagebuch. Am ersten Tag schreibt er: *Schule, Hausaufgaben, fein gespielt*. Dasselbe trägt er am zweiten Tag, am dritten, an jedem Tag ein. Das Spielerische, die Lust am Ausprobieren, besitzt er noch heute; aber auch damals schon die Fähigkeit, eine Sache zu vereinfachen.

In der Unterprima endete seine akademische Laufbahn. Zum Sterben zu dämlich. Er beginnt eine kaufmännische Lehre, begreift rasch, ist beliebt, bekommt Auftrieb. Um fünf Uhr morgens fährt er mit dem Fahrrad zum Schwimmen, nach Büroschluß treibt er Leichtathletik, abends geht er zum Boxen. Den Boxsport gibt er auf, nachdem sein Nasenbein gebrochen ist; zum Boxen fehlt ihm auch die Wendigkeit. Er ist ausdauernd, nicht schnell; darum konzentriert er sich aufs Laufen und Schwimmen, wird Vereinsmeister im Langlauf, dann Bezirksmeister. Auch das trägt ihm kein Lob des Vaters ein.

Aber bei den Frauen hat er Erfolg, ein hübscher Junge mit braunem, welligem Haar, ein Wolf-Albach-Retty-Typ, den Filzhut ein wenig zu schräg auf dem Kopf. Töchter aus gutem Hause, mit denen er in die ›Insel‹ am Innsbrucker Platz und ins ›Café Berlin‹ geht, Lokale, die er bisher nur von außen kannte. Goldene Zwanziger Jahre in Berlin. Die Tochter aus gutem Hause wünscht Cognac zu trinken, ein Cognac ist schnell getrunken, er bestellt zwei weitere Cognacs, jeder kostet eine Reichsmark, am Ende hat er zwanzig Cognacs zu bezahlen – als Lehrling verdient er fünfzig Mark monatlich. Aber: Sicherheit und Lebensart.

Er macht Verkaufserfahrungen im Außendienst. Sein Berliner Witz tut in Thüringen und Hessen seine Wirkung. Die Hamburger Kaufleute lassen den flotten jungen Berliner mit seinem *Hallo, wie geht's* einfach stehen. Er erwirbt Menschenkenntnis und lernt Verkaufsmethoden, wird kaufmännischer Leiter eines Zweigbetriebs in Sachsen und fängt an, mehr Geld zu verdienen. Die wirtschaftlichen Anfangserfolge des Dritten Reichs lassen auch ihn aufsteigen. Büro, Sport, Freundinnen, das füllt sein Leben aus. Politik bleibt ihm gleichgültig. Heute bedauert er das. Auf einer ›Kraft-durch-Freude‹-Reise lernt er ein Mädchen kennen, das anders ist als seine eleganten Freundinnen, rundlich, blond, ein Mutter-Typ, wie ihn die dreißiger Jahre hervorbrachten. Er heiratet die Mutter seiner Kinder. Der Krieg bricht aus, seine Firma wird zum Rüstungsbetrieb, er wird u. k. gestellt, beim zweiten Einberufungsbefehl wieder unabkömmlich, dabei gesund und zunächst durchaus gewillt, *siegreich Frankreich zu schlagen*. Er steigt weiter auf, übernimmt auch noch die Betriebsführung einer Maschinenfabrik, die aus dem bombardierten Rheinland nach Sachsen verlegt worden war. Er bewohnt ein kleines Haus am Stadtrand von Halle, seine Kinder werden geboren, rasch nacheinander: ein Junge, zwei Mädchen.

Aufstieg und Fall eines unpolitischen Mannes im Dritten Reich. Am Ende des Sommers 1945 setzt er sich nach dem Westen ab.

Fontane sagt: »Courage ist gut, Ausdauer ist besser.« Wer produzieren will, braucht Courage; wer verkaufen will, braucht Ausdauer. Das Gartenhaus als Produktionsstätte. Die Drehbank aus den Trümmern einer Fabrik, die demontiert worden war, damit fängt er neu an, inzwischen vierzig Jahre alt. D. D. steckt voller Ideen. Der Schwager, der Techniker, sagt: »Dat geiht nich«, er ist Westfale. Wie geht es statt dessen? Weitergehen muß es. Zwei Räume in einer Ruine, dann ein Grundstück, die erste kleine Fabrikhalle, ein Bürogebäude. An der Drehbank können andere arbeiten, D. D. muß verkaufen. Man braucht Kunden. Die Firma übernimmt Spezialaufträge, die für große Industriebetriebe nicht lohnend, für Handwerksbetriebe dagegen zu groß sind.

Kleine Kunden, dann größere, dann auch Kunden im Ausland. D. D. braucht für den weiteren Aufbau Kredite, aber er hat nichts vorzuweisen, woraufhin eine Bank ihm Kredit einräumen würde. Man schenkt ihm Vertrauen, es geht Zuverlässigkeit und Zuversicht von ihm aus; den Zinssatz verringert das allerdings nicht. Aber er hat Fortune! Er kam an einem Sonntag auf die Welt. Jetzt erst wird das deutlich: ein Sonntagskind des Lebens.

Hundert Mitarbeiter, ein mittlerer Betrieb, die Auftragslage gut. Trotzdem gibt es Sorgen, auch Ärger. Aufträge, mit denen er gerechnet hat, gehen an andere Firmen; Reklamationen wegen Materialschäden; ein Zweig des Betriebs, den er neu errichtet hat, arbeitet noch mit Verlust.

Vor kurzem hat er mit *seinen Leuten* das fünfundzwanzigjährige Betriebsjubiläum gefeiert, als Chef. Als D. D. hat er es nicht gefeiert, er läßt sich nicht feiern, auch nicht, wenn er 65 wird. Er geht früh schlafen, wie seine Leute. Für Konzerte, Theater, Geselligkeit bleibt nur der Samstagabend, aber er liest viel, nicht nur die Wirtschaftsbeilagen der Zeitungen. Er liest Portmann, Lorenz, Freud, auch moderne Literatur. Er zeichnet mit leichter Hand, er spielt ein wenig Klavier, er kann Verse machen. Auf alien Gebieten mehr Hersteller als Verbraucher. Die Natur hat ihn reich ausgestattet. Er benutzt seine Gaben wie ein Verschwender. Glück haben, Erfolg haben erscheint ihm selbstverständlich. Er wirkt weder selbstbewußt noch selbstsicher. Er ist mit und an seinem Betrieb gewachsen.

Sein Privatvermögen ist gering, der erzielte Gewinn wird zum Weiterausbau der Firma verwendet. Bisher wohnte er zur Miete, erst jetzt baut er sich ein Haus. Ohne Swimming-pool, ohne Kamin, ohne Bar, dort, wo auch seine Arbeiter ihr Häuschen mit Garage haben. Er wird dann angemessen wohnen, wie es seine Leute von ihrem Chef erwarten. Manche von ihnen betrachten den Mercedes und das neue Haus mit Neid, aber doch auch mit Stolz. Was der Chef erreicht hat, haben auch sie erreicht. Sie kennen seinen Lebensweg. Der Chef hat den Beweis geliefert, daß man aus eigener Kraft nach oben kommen kann.

Eine Symbolfigur des kapitalistischen Wirtschaftssystems. Nach der Wertskala der jungen Soziologen: ›eine liberal-gütige Vaterfigur‹. Betriebsfamilie, freiwillige Sozialleistungen; *meine Leute,* aber: *unser Betrieb.* Hier wird nicht nur Geld verdient; man lebt miteinander, neun Stunden an jedem Arbeitstag. Was für den Betrieb gut ist, ist für jeden Betriebsangehörigen gut und umgekehrt. Ein unzufriedener Arbeiter ist ein schlechter Arbeiter. Unzufriedenheit entsteht durch schlechte Arbeitsbedingungen, schlechtes Betriebsklima, unzureichenden Lohn. Dieser Chef rechnet nicht aus, wie teuer ihn der Produktionsausfall zu stehen kommt, wenn der Monat Mai elf Feiertage und nur zwanzig Arbeitstage hat. *Ich habe selbst gern frei.* Die Denkweise von Arbeitgeber und Arbeitnehmer unterscheidet sich wenig, arbeiten müssen beide. Die jüngeren Arbeitskräfte wechseln oft, wie überall, viele wandern ins nahe Ruhrgebiet ab, wo sie sich Spitzenlöhne erhoffen. Manchmal kommt einer von ihnen zurück; der Chef nimmt ihn auch dann wieder auf, wenn er die Zwischenzeit in einer Strafanstalt verbracht hat oder wenn die Strafe zur Bewährung ausgesetzt wurde. Er ist bereit zu vertrauen, der andere muß sich nur an die Abmachung halten, er seinerseits hält sie gewiß. *Dann gehe ich eben zum Chef!* sagen diejenigen, die beim Betriebsobmann nichts erreicht haben. Wenn der Betriebsrat nicht weiterhilft: *Dann gehe ich eben zum Chef!* Wenn einer seiner Mitarbeiter im Außendienst bei einem Kunden nicht weiterkommt, fährt er selber; er ist nach wie vor sein bester Vertreter. Er setzt seine Fähigkeiten nur selten bewußt ein, alles geschieht instinktiv. Er möchte ein Vater sein, wie er ihn selbst gebraucht hätte und nicht gehabt hat, einer, dem man vertraut, der mit sich reden läßt, der hilft, wo er kann. Betriebsvater. Familienvater.

Seine Kinder haben alle erdenkliche Förderung erfahren, sie sind inzwischen erwachsen. Der Sohn arbeitet sich seit kurzem in die Firma ein. Er wird ein gelernter Chef werden, er hat Betriebswirtschaft studiert und Soziologie, besitzt Auslandserfahrung. Die Autorität des Seniorchefs ist langsam gewachsen. Der Sohn dagegen tritt unvermittelt als Juniorchef in die Firma ein, er spricht eine andere Sprache als die Arbeiter und Angestellten. Wenn er von *Mit-denken, Mit-reden und Mit-bestimmen* spricht, stößt er vorerst noch auf Mißtrauen. *Ökonomische Sacherfordernisse und personale Ansprüche.* Mitbestimmung bedeutet, Verantwortung mitzutragen, aber auch Risiko zu tragen. Vorerst steht der Forderung nach Demokratisierung und Sozialisierung noch der Wunsch nach Sicherheit und Bequemlichkeit gegenüber.

Der Juniorchef wird keine Vaterfigur abgeben, niemand würde das wünschen. Bis zum Wechsel in der Betriebsleitung werden Senior, Junior und Betriebsrat ein Modell der Mitbestimmung und Gewinnbeteiligung gefunden haben, das für diesen Betrieb durchführbar sein muß. Unter anderen Vorzeichen wird man weiterhin gemeinsame Sache machen. Der Seniorchef ist sich klar darüber, daß die autoritären Unternehmensverfassungen abgebaut und durch kooperative Arbeitsformen ersetzt werden müssen. Ein langsamer Prozeß, für den alle Courage und Ausdauer brauchen. Vorerst überläßt man ihm die Entscheidungen. Er trägt das Risiko, er trägt die Verantwortung für hundert Menschen, für hundert Schicksale, die ihm nicht gleichgültig sind. Neue Ideen, neue Maßstäbe. Seine Zweifel an dem neuen, angestrebten Arbeitertyp äußert D. D. nur gegenüber seinen Freunden: Dann dürfte das Interesse der Arbeitnehmer nicht bei der Lohntüte aufhören! Gemeinsamer Stolz auf das Erreichte, gemeinsame Gewinnbeteiligung, gemeinsame Sorge um den Fortbestand? Verantwortlichkeiten von beiden Vertragspartnern getragen? Welche Erleichterung für den Arbeitgeber!

D. D. ist ein großzügiger, hilfsbereiter Freund; er schenkt gern, zeigt sich dabei einfallsreich. Er tut immer ein wenig mehr, als der andere erwartet, das, was die Freude auslöst, wo der Nehmer vergißt zu denken: Er kann es sich leisten. Er ist zum zweiten Mal verheiratet. *Liebe zu einer Unabhängigen.* Seine neue Frau hat ihm Bereiche erschlossen, die ihm zuvor nicht zugänglich waren, als er noch ausschließlich auf Erfolg und Verdienst aus war: Kunst, Literatur, Religion, aber auch Lebensfreude. Sigmund Freud sagt: Erwachsen ist man, wenn man das vereinen kann: lieben – arbeiten – genießen. D. D. ist auf dem besten Weg, das zu erreichen.

Wann – wenn nicht jetzt

»Wenn er nur wiederkommt –«, so hatten viele Sätze des alten L. begonnen, und viele hatten so geendet. Seine Frau hatte aus diesen Worten ihren Trost genommen; zuerst den, daß er noch an die Heimkehr des Sohnes glaubte, aber dann auch den, daß alles besser werden würde zwischen den beiden. Daß der Junge dann seinen eigenen Willen würde haben dürfen und daß der Starrsinn des Vaters nicht wiederkehrte, der schon im letzten Kriegsjahr, als der Sohn nach Rußland verlegt wurde, einer ungewohnten Müdigkeit und Nachgiebigkeit gewichen war.

»Wenn er nur wiederkommt –«, dann sollte ein Trecker angeschafft werden, und dann sollte auch Lisa, das Flüchtlingsmädchen, bleiben, damit alle es leichter hätten als früher, der Junge sollte sich eine Frau suchen, tüchtig und ordentlich sollte sie sein, wenn sie auch nichts mitbrachte. Wenn er nur wiederkäme . . .

Nach drei Jahren erhielten sie die erste vorgedruckte Karte von ihm. Sie besaßen jetzt eine Lagernummer und konnten ihm schreiben. Er würde aus den drei Sätzen, die man schreiben durfte, schon alles herauslesen: daß sie noch gesund waren und daß auf dem Hof alles in Ordnung war. Daß seine Schwester geheiratet hatte und daß sie nur noch ein einziges Pferd besaßen. Dahinter hatte er zu lesen: Der Vater wird alt. Wenn du nur erst wieder zu Hause wärest!

Im letzten Sommer vor der Heimkehr des Sohnes benahm sich der alte L. oft recht sonderbar. Einmal sagte er abends beim Füttern zu seiner Frau: »Weißt du noch, als das Wilhelmken seinen Schuh in den Schweinetrog geworfen hat?« Und ein anderes Mal erzählte er der Lisa, die alle längst Wieschen nannten, wie das im Dorf üblich war, daß das Wilhelmken . . .

Immer häufiger sagte er »das Wilhelmken« und immer seltener »wenn er nur wiederkommt«. Dieses Wilhelmken war in der Erinnerung des nun bald Siebzigjährigen ein Junge von acht oder neun Jahren. Ein Junge, der abends auf dem Handpferd saß, wenn sein Vater mit dem letzten Fuder Heu von der abgelegenen Waldwiese kam; den man die Wagenbremsen anziehen ließ und den man in die Schmiede schickte mit dem Pferd; der immer ein wenig kränklich gewesen war, immer schweigsam, immer anders, als man sich den einzigen Sohn und Hoferben gewünscht hatte.

Fünf Jahre nach Kriegsende, im August, kehrte der junge L. dann doch zurück.

Nicht, daß sein Vater ihn nicht gleich erkannt hätte! Er war ja nicht schwach im Kopf. Er wurde aber auch nicht von einem Tag zum anderen wieder der Alte, der er früher gewesen war. So etwas kommt nicht von heute auf morgen. Er sagte: »Da bist du ja nun wieder« und richtete sich ein Stück auf, um nicht kleiner zu erscheinen als der Sohn. Er hörte sich auch an, was der von der Bewirtschaftung der Kolchosen erzählte und was daran, nach Ansicht des Sohnes, gut war und was man vielleicht sogar übernehmen sollte. Er sagte auch nur ein einziges Mal, während seine Frau das Essen auf den Tisch brachte: »Rauchst du denn jetzt?« Seine Frau warf ihm einen Blick zu, und er gab sich dann gleich zufrieden.

Dieser erste Abend nach der Rückkehr blieb der einzige, an dem die beiden Männer zusammen auf dem Sofa saßen, jeder in seiner Ecke. Die Mutter, die von der Speisekammer zum Herd, vom Herd zum Tisch ging und im Vorbeigehen rasch von einem zum anderen sah, dachte sich, daß ihr Wilhelm heute dort nicht säße, wenn er nicht geworden wäre wie sein Vater. Im Guten, aber auch im Schlimmen. Vielleicht durfte man so etwas gar nicht denken. Wie denn die Auswahl aussah, die zuerst der Krieg und nachher die Gefangenschaft getroffen hatte. Wer blieb denn übrig am Ende? Der Stärkere oder der Schwache? Der Mutige oder der Feige?

Er säße heute nicht neben dem Vater auf dem Sofa in der Küche, wenn er nicht gelernt hätte, sich zu behaupten, das war wohl sicher. Gegen den Vater hatte er das nicht gekonnt, da hatte sie manches Mal im stillen gedacht, er sei ein Duckmäuser. Aber im Lager, da hatte er es offenbar gelernt. Bei den ersten zu sein, wenn es Essen gab, und bei den letzten, wenn die Arbeitskommandos zusammengestellt wurden, und vielleicht hatte er auch gelernt, mit den Wachmannschaften besserzustehen als mit den anderen Gefangenen.

In den nächsten Wochen – die Kartoffelernte war schon im Gange – kam fast an jedem Abend einer aus der Nachbarschaft und wollte etwas von Rußland hören. Meist waren es die Alten, die im vorigen Krieg dort gekämpft hatten, aber auch Väter, die jetzt keine Söhne mehr besaßen. Und weil dieser Wilhelm L. noch immer nicht das Reden gelernt hatte, tat es sein Vater. Zuerst zu Hause, auf der Bank vor der Tür, und später, als er anfing sich zu ärgern, wenn der Wilhelm in den Stall oder in die Scheune ging und dabei nur mit zwei Fingern an die Mütze tippte, da setzte er sich zu den anderen Männern ins Wirtshaus und erzählte dort. »Ja, der Wilhelm, als der nach Smolensk kam –« Er geriet ins Prahlen und schmückte die paar Geschichten, die sein Sohn in den ersten Tagen erzählt hatte, immer großartiger aus. Er machte aus ihm einen Helden. Aber es war kein Held zurückgekehrt. Nur ein Mann, der endlich tun wollte, was er für richtig hielt. Der nicht mehr nur gehorchen, nicht mehr nur fragen wollte. Nur arbeiten wollte er. Für sich, wohlgemerkt: für sich. Für das, was ihm gehörte. Männer von seinem Schlage konnten mit Zeitungsworten wie Freiheit nichts anfangen. In dem ersten Jahr, als sie in Güterwagen gepfercht wurden und hinter Stacheldraht lagen, da war noch Krieg gewesen, das hatte er hingenommen, ohne darüber nachzudenken, aber nachher, als man ihn behandelte wie den letzten dämlichen Knecht, den es nichts anging, ob der Mais ausgereift war beim Schnitt, ob die Schweine krepierten, ob der Weizen gut ausgedroschen war – da hatte es ihn gepackt. Er wollte nach Hause! Er wollte dorthin, wo alles ihm gehörte: der Stall und die Weiden, die Scheune und der Hund. Und andere sollten für ihn arbeiten. Das kam noch dazu. Manchmal stand er abends an der Scheunentür, den Rücken fest an das Tor gelegt, und murmelte: »Meins, alles meins.«

Und dann war da dieses Mädchen, diese Lisa. Sie war nicht wie die Mädchen aus dem Dorf. Eher wie die Mädchen, die er in Polen gesehen hatte. Vielleicht hatte sie ihn auf den ersten Blick auch an Wanda erinnert, Wanda aus Lodz. Es war das Fremde an ihr, das Dunkle. Nie wußte er genau, warum sie lachte, und erst recht nicht, warum sie plötzlich schwermütig wurde. Manchmal hockte er oben in der Futterluke, durch die er das Heu geschüttet hatte, und hörte ihr zu, wenn sie mit den Kühen schwatze. Einmal sah er, wie sie beim Melken ihr Gesicht am breiten Leib einer Kuh rieb. Das erste, was er anschaffte, war eine Melkmaschine.

Sie lachte anders als die Mädchen im Dorf, die sich schämen, wenn sie lachen, und rot werden und kichern. Sie lachte mit den Augen und mit den Schultern.

Einmal, als sie zusammen aufs Feld fuhren, um die ›Runkeln‹ zu holen, lachte sie ihn aus. »Was habt ihr für komische Wörter hier! Das sind doch Rüben, Futterrüben!« Auf dem Rückweg, als sie neben dem beladenen Wagen hergingen, pflückte sie am Wegrand Schlehen und hielt ihm die gefüllte Hand unter den Mund.

Als er abwehrte und sagte, sie seien ihm zu bitter, lachte sie wieder und sagte: »Deshalb, weil sie bitter sind und weil man so taub im Mund wird!«

Es gefiel ihm, ihr Befehle zu erteilen. Tu das! Hol das! Mach rasch, Lisa, los! Aber dann sagte sie: gern! Und: ja, sofort! Sie nahm ihm die Genugtuung an Befehl und Gehorsam. Vor ihrer fröhlichen Bereitwilligkeit wurde er machtlos, das war es: Er hatte keine Macht über sie, so wie er meinte, daß ein Mann über eine Frau Macht haben müsse. Er wollte Herr über einen fremden Willen sein, und Lisa hatte keinen anderen Willen als seinen.

Seine Mutter stellte ihn zur Rede: »Worauf wartet ihr noch?« Er tat, als verstünde er nicht. Sie mußte es noch deutlicher sagen. »Warum heiratet ihr nicht?« Und noch immer schien er nicht zu begreifen: Heiraten? Die Lisa etwa? Ein Mädchen, von dem man nicht einmal wußte, woher sie kam? Die nichts mitbrachte? Wenn der junge L. heiratete, dann mußte es eine aus der Gegend sein. Wo eins zum anderen paßte. Eine, die auch was an den Füßen hatte, Wiesen, Äcker!

Seine Mutter meinte ihren Mann zu hören, mit dem sie am Abend zuvor darüber geredet hatte. »Das Wieschen, das ist doch kein Mädchen zum Heiraten!«

Sie versuchte es weiter. Sie sagte genau dasselbe, was sie am Abend auch gesagt hatte: »Lisa ist gesund, sie kann arbeiten, sie ist verträglich.« Und: »Ihr liebt euch doch.« Sie hörte die Stimme ihrer eigenen Mutter. Als sie merkte, daß sie zu tauben Ohren sprach, sagte sie, was sie nicht hatte sagen wollen: »Und dein Vater? Was besaß er denn? Er war Knecht bei meinem Vater. Knecht und nichts weiter! Woher kam er denn? Dies hier ist mein Hof, und was er heute ist, das haben wir beide geschafft, dein Vater und ich. Sechzig Hektar! Und nicht mehr vierzig.«

»Als ob der Vater dich geheiratet hätte, wenn ich nicht unterwegs gewesen wäre!« Er schlug die Tür hinter sich zu. Am nächsten Morgen verließ Lisa den Hof. Die Mutter schickte sie fort, ohne es den Männern zu sagen. Als am Abend der Sohn fragte: »Wo ist sie? Wer hat sie fortgeschickt?«, sagte sie: »Ich«, und er fragte nicht weiter.

Von diesem Tage an verstockten die drei gegeneinander. Sie redeten nur noch das Nötigste. An einem Morgen im März ging der alte L. zum Kunstdüngerstreuen aufs Feld, und als er nicht zum Essen kam und es immer später wurde, setzte sich der Sohn aufs Fahrrad, um nach ihm zu sehen. Er fand ihn am Feldrand liegend, noch bei Besinnung, aber die Beine trugen ihn nicht mehr. Am Abend stellte der Arzt außer dem Schlaganfall, von dem er sich vielleicht noch einmal erholt hätte, eine Lungenentzündung fest. Drei Wochen lang lag er auf Leben und Tod. Seine Frau rief Lisa zurück, damit sie ihr bei der Pflege zur Hand ginge.

Einmal trafen sich Mutter und Sohn unter der Tür des Krankenzimmers. »Wenn er bloß wieder wird, der Vater!« sagte er. Die Mutter sah ihn an. »Wenn er nur! Was ist dann, wenn er wieder gesund wird? Was soll denn dann anders werden? Du? Oder er? Nichts wird anders! Immer sagt ihr: Wenn, wenn –! und: Dann, dann –!«

In seinen letzten Tagen verlor der alte L. das Gedächtnis. Er kehrte in jene Zeit zurück, in der sie auf den Wilhelm gewartet hatten. Noch einmal mußte seine Frau sein »Wenn er nur wiederkommt –« mitanhören, und der Sohn hörte seinen Vater vom Wilhelmken reden und fühlte, daß der Vater einen anderen Sohn meinte als den, der an seinem Bett stand; einen, auf den sich das jahrelange Warten gelohnt hätte.

Am Abend, als er mit Lisa das Vieh besorgte, lauerte er ihr auf und tat, als ob er noch etwas an der Melkmaschine zu reparieren hätte. Sie wollte rasch an ihm vorbei, aber er packte sie an den Armen. Sie versuchte, ihn abzuwehren, sagte: »Jetzt doch nicht, Wilhelm! Warte doch, bis der Vater –!« Er hielt ihr den Mund zu. »Jetzt, Lisa, jetzt muß ich es sagen. Wann – wenn nicht jetzt?«

Die Doppelrolle

Ein Leiterwägelchen mit Sommerblumen geschmückt, darin ein Kind, kaum ein Jahr alt, durchsichtige Libellenflügel ans Hemd genäht, ein Blütenkranz auf den dunklen Locken, die runden schwarzen Augen strahlen; ein dreijähriges, ebenfalls beflügeltes Blumenkind zieht den Wagen in den Salon. Beifall für Elisabeth Christine. Ihr erster Auftritt, als sie nicht einmal auf eigenen Beinen stehen kann, festgehalten im Foto.

Eine Kindheit wie aus einem deutschen Märchenbuch. Der musische Vater, Architekt, durch ein Testament überraschend Fabrikherr geworden und Verwalter eines ansehnlichen Vermögens. Das geräumige Haus in einem Dorf am Fuß des Riesengebirges und auf der böhmischen Seite ein Sommerhaus, vom Vater entworfen und gebaut. Die heitere, phantasievolle Mutter, die ihre vielversprechende Laufbahn als Sopranistin aufgab, um den Mann zu heiraten, den sie liebte, die ihre Kinder mit Schumannliedern in den Schlaf sang. Ein Park voller Rosen, zahme Rehe auf den Wiesen; Sommerfeste, Gartenkonzerte. Natur, Kultur und Zivilisation im Sinne von Verfeinerung. Der Vater müht sich, den Betrieb sozial zu leiten; seine Frau unterstützt seine idealistischen Vorstellungen, gründet einen Kindergarten, veranstaltet Betriebsfeste. Im Salon sind die kleinen Töchter die gefeierten Mittelpunkte. Klavierstunde, Cellostunde, Gesangsunterricht. Die Kinder lernen Noten lesen, bevor sie Buchstaben lesen können; musikalisch sind beide, aber nur die Jüngere mag ihre kleinen Kunststücke vorführen und ihren Knicks machen. Sobald sie schreiben kann, schreibt sie Verse. Noch heute das Bedürfnis, sich auszudrücken und mitzuteilen, auch mit Worten, Briefe, Gedichte zu Familienfesten.

Die Wirtschaftskrise in der Textilindustrie macht diesem Lebensstil ein Ende. Auszahlung der Miterben, vielleicht auch mangelndes kaufmännisches Geschick: Der Vater sieht sich gezwungen, die Fabrik aufzugeben. Er nimmt eine Stellung bei einer Behörde in Berlin an. Die kleinen privilegierten Dorfprinzessinnen wohnen in einer Etagenwohnung und besuchen eine Volksschule in Steglitz, sie sehen sich plötzlich an den Rand gedrängt, verspottet und befeindet. Sie erwähnen ihre Demütigungen nicht, die Eltern haben selber mit Schwierigkeiten und Sorgen zu kämpfen. Niemand hat diese Kinder zur Rücksichtnahme erziehen müssen, sie ist ihnen angeboren wie so vieles. Sie sind begabt und gefährdet.

Das Berlin der nationalsozialistischen Zeit. Parteigenossen auch in dieser Familie, solche von der idealistischen Sorte. Der Großvater hat sich zu Tode gegrämt, starb nach der ›Kristallnacht‹ an gebrochenem Herzen. Keiner in der Familie hat diese Todesursache bezweifelt; das Leiden an Deutschland konnte zur tödlichen Krankheit werden. Im Zweiten Weltkrieg weicht die Mutter vor den drohenden Bombenangriffen mit den Kindern in ihre ostpreußische Heimat aus, der Vater ist unabkömmlich. Sie leben auf ostpreußischen Gutshöfen, später auch in Schlesien, wo der Vater herstammt. Wieder ein Schloß und wieder ein Park. Ländliche Idylle, aber auch Mühsal: das Schloß kaum zu heizen, die Dienstmädchen in der Munitionsfabrik, keine Fahrgelegenheit zur Schule. Manchmal taucht der Vater überraschend auf, dann trägt man Matratzen auf den Rasen, knüpft Hängematten zwischen die Bäume, schläft unterm Himmel. Diese Güter im Osten waren die letzten Oasen im kriegsverseuchten Europa. Elisabeth Christine übt Klavier und Cello und erhält Gesangsunterricht, unter allen Umständen. Um ihre Schulbildung ist es schlechter bestellt, elf Schulen und am Ende nicht mehr als die Mittlere Reife, aber sie leitet den Schulchor, wird von ihren Mitschülern umschwärmt; zu ihrem fünfzehnten Geburtstag legt ihr jeder eine Rose auf den Platz in der Schulbank: ein Kind des Sommers. Ein Jahr später ist ein großer Teil der Jungen bereits tot, als Flakhelfer gefallen. Statt in die Schule zu gehen, geht sie in die Munitionsfabrik, bei Dunkelheit, viele Kilometer vom Schloß zur Fabrik, durch Wälder und an Gefangenenlagern vorbei. Sie singt. Ihre Stimme ist ihre Waffe gegen die Angst.

Die Front rückt näher, die Zivilbevölkerung muß fliehen. Heimlich packt sie Gedichte, Noten, Fotografien zuunterst in ihren Rucksack, das Cello bleibt zurück. Eine Nacht verbringt die Mutter mit den Kindern in Dresden, in der nächsten Nacht wird die Stadt zerstört, in der übernächsten sucht die Großmutter in der Elbe den Tod, stirbt zusammen mit ihrer Stadt. Drei Nächte bleiben sie in Berlin, in der halbzerstörten Wohnung. Noch einmal sitzt der Vater zwischen seinen Töchtern auf der blauen Klavierbank. Während eines Luftangriffes spielt der Vater Klavier. Sie hocken dicht beieinander, erhoffen einen gemeinsamen Tod. Das Haus bleibt diesmal verschont. Dann bringt der Vater die drei zum Bahnhof. Keiner glaubt, daß man sich wiedersehen wird. Für die Mutter kommt jede Trennung einer Amputation gleich.

In einem Dorf an der Werra münden die Fluchtwege. Sie finden Obdach in einem einzigen Zimmer, zu dritt zuerst, dann zu viert, später sind es sieben. Die Töpfe stehen auf dem Fußboden, kein Wasser und zumeist kein Licht, aber ein Klavier. Die Mutter nennt die neue Unterkunft »Engelsschule«, in der einer den anderen zur Verträglichkeit erzieht. Der Vater malt die Häuser der Bauern in Wasserfarben, für Kartoffeln und für Mehl; die Mutter übt mit den Bauern- und Flüchtlingskindern Lieder und Spiele ein, veranstaltet Weihnachtskonzerte in der kalten Dorfkirche. Die Familie T. wird bestaunt, als wären sie Schausteller, aber man läßt sie gewähren. Sie erobern sich eine mühselige neue Heimat, die sie doppelt lieben: die Wiesentäler, die blühenden Kirschbaumhänge, den kleinen Fluß, der die beiden Deutschland fortan trennt.

Ein Graphologe hatte die Schrift der siebzehnjährigen Elisabeth Christine beurteilt. »Da sie in einer kleinbürgerlichen Atmosphäre ersticken würde, muß und wird sie sich stets einen Kreis schaffen, um darin zu wirken.« Zu jener Zeit arbeitet sie in einem Haushalt für nicht mehr als das Essen, aber sie lernt einen Haushalt rasch und umsichtig zu führen, das kommt ihr heute zustatten. Dann die Nachricht, daß das Konservatorium in K. wieder eröffnet wird. Um fünf Uhr früh bricht sie auf, geht zu Fuß über den Berg, durchquert, singend gegen die Angst, einen Wald, erreicht eine Busstation. Als Tagesration eine Fünf-Gramm-Fettmarke und eine Fünfzig-Gramm-Brotmarke in der Tasche. Sie studiert Cello und Gesang. Nach drei Jahren bezieht sie die Hochschule für Musik und Theater. Schauspiel, Ballett, Fechten stehen auf dem Unterrichtsplan. Sie legt ihr Opernexamen mit gutem Prädikat ab. Sie besitzt Ausstrahlung, zieht Menschen an, liefert sich ihnen aus. Ihre Fähigkeit zur Freude ist stark wie die Fähigkeit zum Leiden, auch zum Mitleiden. Den langen schweren Tod der Mutter erlebt sie wie den eigenen.

Bei ihrem ersten Konzert trägt sie ein Kleid aus hellroter glänzender Seide, Hollywood-Look aus einem Care-Paket. Als man sie von der Hochschule weg an ein Theater im Ruhrgebiet engagiert, leidet sie unter der Trennung von den Freunden, sie braucht Gemeinschaft. Die erste heftige Liebe scheitert an ihren zu großen Erwartungen, immer will sie zuviel.

Am Theater in H. lernt sie dann einen Mann kennen, der anders ist als die Männer, die sie zuvor geliebt hat, ein Mitglied des

Orchesters, zehn Jahre älter. Seine Reichtümer liegen in einer tieferen Schicht, werden erst voll sichtbar, wenn er das Cello spielt. Musik verbindet die beiden zuerst, dann Liebe, aber sie scheuen eine endgültige Bindung.

Sie bekommt ein Angebot aus der Schweiz. Nach langem Zögern unterschreibt sie den Dreijahresvertrag, und am selben Tag verlobt sie sich mit dem Cellisten. Menschlich gesichert, weniger gefährdet, tritt sie ihr Engagement an. Sie singt und spielt, was verlangt wird und was sich ihr nur bietet. Sopranpartien, Mezzosopran, dramatischer Alt. Sie singt Mozart und Wagner, Verdi und Richard Strauss, auch Operette. Die Kritiker kommen von weither, als sie den ›Komponisten‹ in der ›Ariadne‹ singt. Hosenrollen. Sie ist kokett und anmutig. ›Musik ist eine heilige Kunst‹, singt sie. Ihr Vortragstalent wird gelobt, ihr schauspielerisches Talent ebenso. Immer gilt das Lob auch der Frau, nicht allein der Künstlerin.

Man spielt Ensemble; das ›wir‹ ist stärker als das ›ich‹, sie lebt in einer Gemeinschaft von Sängern, Schauspielern, Bühnenarbeitern, Regisseuren. Eine Mappe mit Bildern und Kritiken aus drei Spielzeiten: Ulrica und Dorabella und Maddalena . . . Die letzten Seiten blieben leer. Ein neues Leben, ein neues Album.

Diese Schweizer Jahre bilden Höhepunkt und Ende ihrer Bühnenkarriere zugleich. Für eine große Karriere fehlen ihr Ehrgeiz, Ausdauer, Rücksichtslosigkeit. Sie ist weniger kräftig, als Außenstehende vermuten; sie braucht Halt und Schutz und sucht ihn, wo Frauen ihn von jeher gesucht haben: an der Seite des Mannes. Die Ehe beginnt in einem möblierten Zimmer. Er gibt den Gesang auf, sie gibt das Cellospiel auf, die Bezirke werden abgegrenzt. Verzicht und Gewinn. Als sie ihr erstes Kind erwartet, wechselt sie von der Oper zur Kirchenmusik, singt bis zum fünften Monat. Die Mutter ihres Mannes lebt im selben Haus und ermöglicht, daß die Schwiegertochter weiterhin üben und auftreten kann. Die Geburt des Kindes war wie der eigene Tod, aber als es vorbei war, erlebt sie ein so starkes Glücksgefühl wie nie zuvor auf der Bühne, vorm Vorhang, wenn der Applaus sie davontrug. Dies war lebendiges Leben, kein Spiel.

Keine Tourneen, keine Agentur, kein großaufgebauter Künstlername, sie führt den Namen ihres Mannes, jetzt nur noch Elisabeth G. Seit Jahren gehört sie einem A-cappella-Chor an. Kein Berufschor, aber ein Chor mit ausgebildeten und ausgesuchten Stimmen. Es wird ernsthaft gearbeitet, vor allem auf dem Gebiet der modernen Kirchenmusik. Der Chor tritt im In- und Ausland auf, die Solopartien des ersten Alt singt Elisabeth G. Ein paarmal im Jahr Liederabende, an denen sie Brahms und Schubert singt; französische, spanische, italienische Lieder; Passionsmusiken, das Weihnachtsoratorium.

Sie arbeitet die Partien mit ihrem Mann durch; einer korrigiert den anderen, sie gibt den Antrieb, er die Stetigkeit. Sie war an mühelose Erfolge gewöhnt. Er ist der gewissenhafte, handwerklich genaue Musiker. Sie setzen sich heftig auseinander, es werden Türen geschlagen: Harmonie und Disharmonie einer Künstlerehe. Musik ist hier Beruf, man musiziert nicht zum eigenen Vergnügen wie im Elternhaus. Musik ist eine heilige Kunst! Einer macht dem anderen Zeitgeschenke. Er spült das Geschirr, damit sie üben kann; sie verläßt mit den Kindern die Wohnung, damit sein Quartett ungestört musizieren kann. Einer versucht dem anderen so viel an Spielraum zu verschaffen wie nur möglich. Die Wohnung ist nicht groß, der Lebenszuschnitt eher bescheiden. Weder ihre noch seine Eltern konnten mehr als Begabung, Ausbildung und hohe Ansprüche an die eigene Leistung vererben.

Der A-cappella-Chor hält seine Arbeitstagungen manchmal in Schlössern ab, gibt auch Konzerte in Schlössern, dann kehrt Elisabeth G. in jene Welt zurück, in der sie einmal zu Hause war. Sie würde sich gern mit schönen kostbaren Gegenständen umgeben, sie braucht keinen Besitz, aber sie braucht Schönheit. Ihr Mann sagt: Das ist alles nicht wichtig, Musik ist wichtig.

Sie ist auf eine altmodische Weise treu, sie braucht Bindungen an die Vergangenheit, weil sie so früh von ihren Wurzeln losgerissen wurde. Ihre Freundinnen machten Karriere, die Ehen wurden geschieden, die Kinder leben in Internaten. Manchmal sitzt Elisabeth G. in der Oper, wenn eine Freundin den ›Oktavian‹ singt, den sie selbst nie hat singen können. Dann greift sie nach dem Arm ihres Mannes und versichert sich. Nach der Aufführung sitzt man zusammen, dann heißt es: Wie glücklich siehst du aus! Alles hat seinen Preis, das Glück und der Erfolg. Die Söhne spielen bereits im Schülerorchester, schon entwickelt sich Ehrgeiz, sie lernen den Auftritt. Die Mutter erteilt Musikunterricht, am liebsten bringt sie den Kleinsten die Noten bei, den Rhythmus, den Unterschied von Dur und Moll, Freude am Musikmachen. Eine Musik-Vorschule.

Das Rollenfach der Elisabeth G. ist groß. Jede ihrer Rollen

hat sie als Hauptrolle angelegt. Die Mutter der beiden Söhne. Die Frau und Geliebte des Mannes. Die Sängerin, die Musiklehrerin. Die Tochter ihres Vaters, dieses hochgebildeten Mannes, der heute von einer Sozialrente leben muß, der immer zarter wird, zerbrechlicher; ein Leben bröckelt unaufhaltsam ab. Er setzt sich ans Klavier und versucht, die ›Appassionata‹ zu spielen, es gerät nicht mehr, er bricht wortlos ab, legt sich aufs Sofa.

Ohne ihre Familie könnte sie nicht singen, wie sie singt: strahlend, freudig, voller Wärme. Die Familie ist ihr Nährboden, aus dem sie sich Sicherheit und Kraft holt. Aber sie könnte auch nicht eine so ausgeglichene und heitere Mutter sein, hätte sie nicht zwanzig oder dreißig Abende im Jahr, an denen sie als Solistin oder im Chor auftritt, wenn man ihr Beifall zollt, wenn sich Ergriffenheit und Dankbarkeit in den Gesichtern spiegelt.

Es gibt Tage, da meint sie, keinem wirklich zu genügen, alles kommt zu kurz, der Haushalt, die Kinder, der Mann, die Musik. Auf ihren Mann, den Ernährer, wird mehr Rücksicht genommen als auf sie. Vater gibt ein Konzert! Vater dirigiert heute abend! Da gehen die Söhne auf Zehenspitzen. Eine Mutter muß man nicht schonen, auf eine Mutter hat man jederzeit Anspruch. Elisabeth G. ist keine emanzipierte Frau, sondern eine moderne Frau mit altmodischen Tugenden. Sie setzt sich wirkungsvoll in Szene, das Theatralische wurde früh gefördert, sie bekämpft und belacht es, eine Frau von Vierzig. Die Motive dieses Lebens hört man jetzt deutlich heraus. Arien und Rezitative, hin und wieder eine Kadenz, viele Wiederholungen, auch Pausen.

Die Zuflucht

Am Abend hatte Anton W. noch zu seiner Frau gesagt: »Binde dir doch wenigstens einen Strumpf um den Hals und sieh zu, daß du schläfst«, hatte sich auf die Seite gelegt und war eingeschlafen.

Als er wach wurde und leise aufstand, um sie nicht zu wecken – er fuhr die frühe Tour in jener Woche –, hatte er noch immer nichts gemerkt. Erst als er ihr die heiße Milch mit dem Honig hatte bringen wollen.

Er hatte dann versucht, sich an ihre letzten Worte zu erinnern, aber es war ihm nichts eingefallen. Er hatte allein an ihrem Bett gesessen, die Milch war lange schon kalt geworden, und er hatte gedacht, daß sie wohl »Ach, Anton!« gesagt hatte. Es waren ihm viele Augenblicke eingefallen, bei denen sie »Ach, Anton!« gesagt hatte, und nie hatte er genau gewußt, ob sie dann traurig oder glücklich gewesen war.

Am Vormittag war dann der Arzt gekommen und hatte gesagt, sie hätte einen leichten Tod gehabt, und es hätte auch anders ausgehen können, und das Alter wäre ja dagewesen. Sein Sohn Paul hatte gemeint: »Dann mußt du eben zu uns ziehn, Vater«, und hatte – das war noch, als sie auf dem Friedhof standen – unsicher zur Schwiegertochter herübergesehen, und die hatte genickt; aber Anton W. hatte nur gesagt: »Mal sehn, woll'n mal sehn.«

Bald darauf war er schon in die Laube gezogen. Die paar Wochen vorher hatte er in der Küche gewohnt und auf dem Sofa geschlafen wie damals, als die Kinder klein waren und er die Mutter nicht stören wollte, wenn er die späte Tour gefahren war.

Die Möbel aus der Stube und dem Schlafzimmer hatte er verkauft. Er hatte gar nicht erst versucht, in seinem Bett zu schlafen, neben dem leeren, oder am Wohnzimmertisch allein zu sitzen. Und die Kinder wollten die alten Sachen doch nicht haben. Das Geld hatte er dem Sohn gegeben, so genau hatte er auch nicht gewußt, wie das mit der Erbschaft war, und fragen wollte er keinen. Es waren die Sachen von seiner Frau. Wenn er die Küchenmöbel behielt und den Schrank, würde es wohl seine Richtigkeit haben, und den Herd brauchte er auch nicht, in der Laube stand noch der kleine Ofen.

Es war Anfang Oktober, als er hinauszog. Am 24. September hatte er zum letztenmal seine Sieben ins Depot gefahren, um null

Uhr vierundfünfzig. Die Jacke und die Mütze nahm er mit nach Hause, die gehörten ihm. Die anderen Sachen gab er am nächsten Morgen auf der Verwaltung ab und ließ sich seine Arbeitspapiere aushändigen. Ein Zeugnis brauche er wohl nicht mehr, oder ob er sich woanders bewerben wolle, hatte ihn der Angestellte im Büro gefragt, aber auf solche Witze antwortete er nicht. Sechs Tage Urlaub standen ihm noch zu, und ab 1. Oktober war er nun also Rentner. Er war siebenundsechzig Jahre alt.

Die Idee mit der Laube stammte noch von seiner Frau. »Wenn wir alt sind«, hatte sie immer gesagt, »dann ziehen wir beide in die Laube. Du baust noch eine Stube an und mauerst den Schornstein ein Stück höher, damit der Ofen nicht mehr raucht, und dann ist das wie ein eigenes Haus.« Eine Hecke um den Garten hatte sie haben wollen, der Drahtzaun sollte verschwinden, eine Terrasse aus Ziegelsteinen sollte gepflastert und eine rotweißgestreifte Markise angeschafft werden.

Der Schwager hatte ihm die Sachen mit dem Kombiwagen zur Laube gefahren. Als Anton W. mit allem fertig war, war er zum Polizeirevier gegangen und hatte sich umgemeldet. Dort hatte man ihm Schwierigkeiten machen wollen, weil die Laube keine Hausnummer und der Weg keinen Namen hatte, und überhaupt sei die Gegend noch gar nicht erschlossen. Aber da hatte er nur gesagt, daß er früher schon mal da gewohnt hätte, nach dem 23. November 44. Damals hätte auch keiner danach gefragt, ob die Gegend erschlossen wäre. Da hätten sie an die Hausmauer geschrieben: »Leben alle, sind in der Laube«, und das hätte damals genügt. Dann hatte er die Formulare hingelegt und war gegangen.

Als er zum erstenmal seinen Lohn abholte, nachdem seine Frau tot war, wunderte er sich, daß er genausoviel Geld bekam wie vorher, wo es jetzt doch nur noch für einen reichen mußte. Die Kollegen luden ihn am Sonntag zum Essen ein. Die Frauen kochten etwas Gutes, fragten auch, was denn sein Lieblingsessen wäre, fragten nach der Krankheit seiner Frau und wie das denn so schnell gekommen wäre, fragten nach der Laube, und ob er überhaupt Licht hätte und Wasser und Gas, und als er fand, daß genug gefragt wäre, ging er nicht mehr hin. Aber das war etwa zu der gleichen Zeit, als die Einladungen ausblieben.

Am Freitagabend kam der Sohn manchmal mit seiner Frau vorbei. Anton W. besorgte dann für jeden zwei Flaschen Dortmunder, und wenn diese getrunken waren, gingen die beiden wieder, und er schloß die Gartentür hinter ihnen ab. Einmal fragte der Sohn: »Hast du denn kein Bild von Mutter stehn?« Und als Anton W. wieder allein war, ging er an den Schrank und suchte unter den Ansichtskarten und den paar Briefen, die seine Frau in der alten Zylinderschachtel aufgehoben hatte, nach einem Bild von ihr. Er fand auch eines, seine Frau mit neunzehn Jahren. Als sie zweiundzwanzig war, hatten sie geheiratet. Er steckte das Bild in den Fensterrahmen, mit dem Gesicht zum Garten. An dem Fenster hatte sie oft gestanden, wenn sie draußen gewohnt hatten. In den letzten Kriegsmonaten, als er beim Volkssturm war, hatte sie dort auf ihn gewartet. Und jetzt sah sie wieder zum Fenster hinaus und sah ihm zu, wenn er sich im Garten zu schaffen machte. Zweimal war sie allein in die Laube gezogen, wenn es nicht mehr zwischen ihm und ihr gestimmt hatte. Den Jungen an der einen Hand, den Koffer an der anderen, war sie weggegangen und hatte in der Laube auf ihn gewartet; das erste Mal hatte er sie beinahe vier volle Wochen warten lassen. Als 45 die Engländer kamen, hatte er seine Uniform im Ofen verbrannt, hatte sich seinen Straßenbahnerrock angezogen und war einfach in der Laube geblieben.

Wenn er mit ihr redete, sagte er jetzt wieder »Lisbeth« und nicht mehr ›Mutter‹ zu ihr, wie er es getan hatte, seit das erste Kind, die Hilde, geboren war. Jetzt gehörte sie wieder ihm, wie in der ersten Zeit.

Wenn Paul und die Schwiegertochter ihn besuchten, nahm er die Fotografie vom Fenster und stellte sie gegen die Blumenvase. Manchmal ging er auf den Friedhof und nahm einen Strauß mit. Er versuchte, ihn so zu binden, wie Lisbeth es getan hätte. Er zog dann den blauen Anzug mit den Nadelstreifen an, und die Nachbarn, die abends und sonntags in den Gärten waren zum Jäten und Gießen, grüßten ihn. Wenn er vorbei war, sagten sie »Der arme alte W. . .« Auf dem Rückweg blieb er bei diesem oder jenem am Zaun stehen und fing eine Unterhaltung an, über das Wetter, über die Wühlmäuse und ob man gemeinsam eine Spritze gegen das Ungeziefer anschaffen sollte oder nicht. »Red doch mal mit den Leuten, Anton!« hatte seine Frau oft zu ihm gesagt, »du tust mal wieder, als sei die Unterhaltung mit dem Wagenführer verboten!« Einmal, als die Hilde klein war, hatte sie ihm so ein Schild

DIE UNTERHALTUNG
MIT DEM WAGENFÜHRER
IST VERBOTEN

vorn an den Kinderwagen gebunden, und er war damit an einem Sonntagmorgen losgezogen, hatte nichts gemerkt und nur gedacht, alle hätten Spaß an seinem hübschen kleinen Mädchen. Die Tochter hatte einen Amerikaner geheiratet.

Wenn er vom Friedhof kam, war er immer guter Dinge, dann lachte er und redete und pfiff vor sich hin, und erst, wenn er die Tür hinter sich zugemacht hatte, schien er zu merken, wo er sich befand und daß er allein war. Dann zog er den guten Anzug aus, bürstete ihn und tat ihn in den Beutel, wegen der Motten.

An jedem Neunundzwanzigsten holte Anton W. sich seine Rente. Wenn er jemanden traf, mit dem er früher mal auf der gleichen Linie gefahren war, gingen sie zusammen in das Lokal an der Ecke und tranken einen. Wenn der andere nach einer Weile erklärte, er müsse jetzt nach Hause, die Frau warte, dann blieb er noch eine Zeitlang sitzen und trank weiter. Erst wenn es dämmrig wurde, ging er den weiten Weg zu Fuß, in die Straßenbahn stieg er in diesem Zustand nicht.

Einmal kam einer von der Fürsorge, um nach ihm zu sehen. Anton W. bot ihm eine Tasse Kaffee an, den er eben aufgebrüht hatte, jeder rauchte ein Zigarillo, und als der Mann ging, hatte er einen Spankorb mit Falläpfeln in der Hand und einen Strauß für seine Frau. Einmal kam auch der Pfarrer und einmal einer vom Einwohnermeldeamt, und als alle sicher sein konnten, daß es noch seine Richtigkeit mit ihm hatte, ließ man ihn in Ruhe.

Der erste Winter war schlimm, als die Nachbarn nicht mehr in ihren Gärten auftauchten und er oft tagelang keinen Menschen zu sehen bekam. Die Rosenkohlstrünke waren im Schneematsch versackt, es gab nichts mehr zu tun, die Beete waren abgeerntet, die Regenrinne geflickt und der Schornstein ein Stück höher gezogen. Abends hantierte er oft lange herum und konnte keine Ruhe finden. Aus Büchern hatte er sich nie etwas gemacht. Romane waren seiner Meinung nach was für Frauen. Die Lisbeth hatte ihm abends im Bett oft ganze Romane erzählt, das hatte er gern gehabt. Sie las so lange, bis er nach Hause kam, und dann hatte sie ihm noch ein Brot gestrichen und eine Tasse Kaffee gekocht. Nach einem starken Kaffee hatte er immer besonders gut schlafen können. Oft hatte er das Ende ihrer Geschichten gar nicht mehr mitbekommen. Jetzt kramte er ihre Patiencekarten hervor, aber weil er nicht wußte, wie man das mit den Patiencen machte, spielte er eben Skat mit sich allein, wobei er nicht nur für drei spielte, sondern auch für drei redete. »Pikus, der Waldspecht!« und »Der geht mir nicht vom Tisch!« Samstags kaufte er drei Flaschen Bier, stellte vor jeden Platz eine Flasche und ein Schnapsglas und in die Mitte den Korn, und nacheinander trank er dann alles leer. Bevor er schlafen ging, räumte er die Flaschen vor die Laube, brachte die Asche zu den Rosenstöcken und verriegelte die Tür.

Im Sommer schickte der Sohn manchmal die Kinder zu ihm in den Garten. Er ließ sie Blumen gießen und einen Wassergraben anlegen, sie bauten zusammen eine Vogeltränke und zogen Maschendraht an der Hecke entlang, damit der Igel im Garten blieb. Er backte Reibekuchen für drei, und bevor sie gingen, sorgte er dafür, daß sie sich kämmten und unter der Pumpe wuschen. Dann brachte er sie zur Straßenbahn; meist fuhr er noch ein paar Stationen mit und ging dann zu Fuß in die Laube zurück. Die Kinder hatten ihn gefragt, wer das wäre auf dem Bild am Fenster, und er sagte, das ist die Lisbeth, und dabei blieb es. Im Herbst ging er daran, anzubauen. Der eine Raum, das war zu wenig, die Lisbeth hatte ganz recht. Er mußte auch ein Waschbecken haben, und die Terrasse aus roten Ziegelsteinen mußte auch sein und auch die gestreiften Markisen. Wenn die Enkel fragten, was er denn vorhabe, sagte er: einen Taubenschlag oder eine Garage, eine Werkstatt, wie es ihm gerade durch den Kopf ging, meist aber sagte er: »Mal sehn, woll'n mal sehn.«

Als an einem Nachmittag – die ersten Erdbeeren waren reif, und die Enkel pflückten sie – der Sohn zu ihm sagte, jetzt wäre man nun glücklich soweit, seine Frau wäre weg mit dem anderen, da sagte er, er hätte sich schon so was gedacht, und »dann laß die Kinder mal gleich hier in der Laube«. Der Sohn redete noch hin und her, von einem Heim und von der Fürsorge und der Scheidung, schließlich zeigte er auf den Koffer und sagte, das Nötigste hätte er schon mitgebracht für die beiden, und für ihn, für den Großvater, wäre es doch auch mal eine Abwechslung, wenn er nicht so allein wäre, und vielleicht käme sie ja auch wieder, man dürfe nichts überstürzen. Und als der Vater ihm immer noch nicht weiterhalf, sagte er noch: »Die Laube, das war doch immer die Zuflucht«, ob er das nicht mehr wüßte, daß die Mutter immer ›unsere Zuflucht‹ zu der Laube gesagt hätte.

Die Enkel hatten jetzt einen langen Schulweg. Er brachte sie in den ersten Tagen morgens an die Straßenbahn und holte sie mittags wieder ab. Als die Schaffner die Kinder kannten und wußten, daß es die Enkel vom alten Anton W. waren, ließ er sie allein gehen. Einmal in der Woche kam jetzt eine Frau zum Saubermachen, die Wäsche besorgte sie auch, alles ging seinen Gang. Nachmittags machte er Schulaufgaben mit den Kindern. Der Älteste war schon beim Dreisatz, aber vormachen konnte er seinem Großvater nichts. Das kleine Einmaleins lernten sie nach der Uhr aufsagen, und wenn er mit ihnen über die Felder ging, mußten sie lernen, was Gerste und was Winterroggen war. Einmal saßen sie einen ganzen Sonntag über dem Aufsatz »Wenn ich König wäre ...«, und er fing an, von dem Manöver zu erzählen, bei dem er den Kaiser gesehen hatte, vor dem Weltkrieg.

Aber auch die Zeit, die er mit den Kindern verbrachte, ging vorüber. Die Monate reihten sich immer schneller aneinander. Er blieb wieder allein. Später kam seine Schwester für ein paar Wochen ›zum Luftschnappen‹, wie sie das nannte; einmal wohnte ein Neffe eine Zeitlang bei ihm. Alle gewöhnten sich daran, daß man in die Laube zog, wenn man nicht wußte, wohin.

Fünf Jahre hat er allein da draußen gelebt. Der Weg hatte einen Namen bekommen, an der Ecke stand jetzt ein richtiges festes Haus, und hier und da wurde ausgeschachtet. Das Nummernschild an der Gartentür war schon zweimal durchgerostet. Die rotweißgestreiften Markisen waren von Regen und Sonne verblaßt, und die Weißdornhecke wuchs schon mannshoch.

Aber der alte Anton W. war nicht mehr mannshoch. Er ging gebeugt vom vielen Jäten und Hacken und auch vom Rheuma. An einem Tag im April nahm er das Bild aus dem Fensterrahmen, nahm seine Aktentasche, mit der er früher immer in den Dienst gegangen war, schloß die Laube und das Gartentor ab und ging ins Marien-Spital. Es war bald soweit.

Als er dann starb, starb auch seine Frau noch einmal. Denn so ist das in einer Ehe: Der zuerst fort muß, der läßt ein Stück von sich zurück. Aber er nimmt dafür auch einen Teil des anderen mit sich fort.

»Nicht einer zuviel!«

Der Studienrat Dr. K. muß damals Anfang Vierzig gewesen sein. Wir verehrten ihn, das Wort schwärmen träfe nicht zu. Seine Überlegenheit war augenfällig, er mußte sie nicht betonen. Er war in den entscheidenden Jahren unserer geistigen Entwicklung der Leiter meiner Klasse und unterrichtete uns in den wichtigsten Fächern: Geschichte und Deutsch. Ein Deutsch-Nationaler, der zu dem abgespaltenen volkskonservativen Flügel übergetreten war, als sich Hugenberg mit Hitler zur ›Nationalen Einheitsfront‹ verband.

Geschichte war bei ihm nicht mit Kriegsgeschichte gleichzusetzen; er verlangte nicht, daß wir die Daten und Orte der Schlachten auswendig lernten. Er unterrichtete uns in den möglichen Staatsformen. Wir wußten Bescheid darüber, was Absolutismus, was Diktatur und was Demokratie besagte, und kannten die typischen Ausprägungen in den verschiedenen Ländern und Zeiten. Er verglich die Französische Revolution mit der Achtundvierziger Revolution und mit der Russischen Revolution vom Jahr 1917. Wir lasen die amerikanische Verfassung und stellten ihr die Weimarer Verfassung und das Parteiprogramm der NSDAP gegenüber.

Dr. K. hatte als Infanterieoffizier am Ersten Weltkrieg teilgenommen und war an der Einnahme der Festung Douaumont im Februar 1916, damals zwanzigjährig, beteiligt gewesen. Es hieß, daß er im Bericht der Obersten Heeresleitung namentlich erwähnt worden sei. Er war Träger des Eisernen Kreuzes Erster Klasse, aber er erzählte uns nie von seinen Erlebnissen im Krieg, nicht einmal am letzten Tag vor den Sommerferien. Zu keinem der zahlreichen nationalen Feiertage trug er ein Ordensbändchen im Knopfloch. 1918 war er durch einen Lungendurchschuß schwer verwundet worden, auch davon sprach er nicht. Wenn er die Zahl der Toten und Verwundeten des Ersten Weltkriegs nannte, erwähnte er nie, daß er dabei mitgezählt worden war, statt dessen unterrichtete er uns über die Höhe der Kosten für Waffen und Munition.

Ich erinnere mich, daß er 1934 zu uns sagte, der Nationalsozialismus könne zum Verhängnis für das deutsche Volk werden. Er vertrat die Ansicht, daß Aufklärung nicht allein im Biologieunterricht, sondern auch und vor allem im Geschichtsunterricht zu erfolgen habe und daß Geschichte kein totes Wissensgebiet sei, sondern daß man aus der Geschichte lernen könne und müsse. Es gab Augenblicke, in denen leidenschaftlicher Eifer bei ihm durchbrach, im allgemeinen blieb er ruhig, beherrscht, sachlich. Er las uns Abschnitte aus Hitlers ›Mein Kampf‹ vor, ein Buch, das er für eine unerläßliche Pflichtlektüre für alle Gymnasien ansah, da es das ganze Programm Hitlers enthielt, das jener zu verwirklichen trachtete. Wir sprachen über die ›Germanisierung des Ostraums‹, über den Austritt Deutschlands aus dem Völkerbund und über die Folgen, die die einseitige Kündigung des Versailler Vertrages würde haben können. Wir lasen gemeinsam die Texte der Kriegserklärungen und lasen die Texte der Friedensverträge.

Der weitaus größte Teil unserer Klasse saß in braunen Uniformen vor ihm. Das hinderte ihn nicht daran, über das Risiko zu sprechen, das die deutsche Regierung mit der Einführung der Wiederbewaffnung einging. Wir waren zwölf- und dreizehnjährig in dieser Epoche der nationalen Erhebung und von unkontrollierten Gefühlen mitgerissen. Er stand uns ruhig und besonnen gegenüber. ›Ich gebe zu bedenken‹, mit diesen Worten fingen viele seiner Sätze an. Später konnte er seine Erwägungen nicht mehr zu bedenken geben. Er besaß eine Familie, vier Kinder. Er las nicht mehr ›Mein Kampf‹ mit seinen Schülern, zitierte nicht mehr ironisch Dietrich Eckardt, nahm nicht mehr Führerreden mit uns durch. Er mußte die Lektüre von Heinrich Heines ›Politischem Testament‹ abbrechen, immerhin lasen wir Herders Schrift ›Über den Nationalwahn‹.

Eines der Themen, die er uns für den deutschen Aufsatz gab, lautete: »›Der Intellekt ist eine Gefahr für die Bildung des Charakters‹. Welche Wirkung übt dieser Satz Josef Goebbels' auf den Schüler einer Obersekunda aus?«

Als unsere jüdische Mitschülerin eines Tages fortblieb, sagte er: Sie kann nicht länger eine deutsche Schule besuchen, da weder ihr Aussehen noch ihr Charakter so deutsch sind wie eure und meine. Außerdem lebt ihre Familie erst seit zweihundert Jahren in dieser Stadt, das reicht nicht aus.

Von da an bediente er sich nur noch der mittelbaren Äußerungen, der Verschlüsselungen. Einige seiner Schüler verstanden ihn, die anderen hörten die Ironie nicht heraus, wenn er Hölderlins ›Tod fürs Vaterland‹ interpretierte. »O Vaterland / Und zähle nicht die Toten! Dir ist / Liebes! nicht einer zu viel gefallen.« Er gab dann exakt die Zahl der Toten auf deutscher Seite und auch auf der Seite der Entente an. »Nicht einer zuviel!« Damit schloß er den Unterricht und verließ das Klassenzimmer, bevor es geläutet hatte.

Als seine Oberprimaner nach Ausbruch des Zweiten Weltkriegs einberufen wurden, sagte er zu ihnen: »Ich habe versucht, Sie auf das Leben vorzubereiten. Ob meine Vorbereitungen auch –«, da brach er ab, sagte nur noch: »Das Leben ist der Ernstfall! Der Frieden!« und ging.

Die Angehörigen meines Jahrgangs sahen sich 1948 zum ersten Mal bei einem Klassentreffen am Schulort wieder. Von einundzwanzig Schülern waren noch neun am Leben. Sieben waren gefallen, drei vermißt, eine Mitschülerin war bei einem Luftangriff ums Leben gekommen, eine war im Konzentrationslager vergast worden, einer der Männer trug eine Beinprothese.

Wir hätten Studienrat Dr. K. gern zu diesem Treffen eingeladen, aber es war uns leider nicht möglich. Es hat ihn nie gegeben.

Jahrgang 1921

In einem Alter, in dem andere Kinder noch mit Plüschtieren spielen, spielte Werner M. bereits ›Krieg‹; im Sandkasten, mit Steinen und kleinen Holzstücken. Als Schüler führte er die großen Schlachten der Weltgeschichte auf dem Reißbrett durch, mit Zinnsoldaten: Salamis, Cannae, Tannenberg. Später dann Sandkastenspiele in der Kriegsschule: Planspiele, höhere Mathematik, Strategie, Taktik, Ballistik, abgelöst vom eigentlichen Ziel des Krieges, der Aufgabe, wie man den Gegner am zweckmäßigsten liquidiert.

1936 erschien ein Buch über einen gewissen Hauptmann Willy Lange, der im Weltkrieg gefallen war, ein gläubiger Offizier, von dem die Mannschaft wußte, daß er sie führt und nicht verführt. Werner M., fünfzehnjährig, las von Pflichttreue, Tapferkeit, Charakterfestigkeit, Frömmigkeit, Ausdauer, Schlichtheit, Kameradschaft. Hauptworte, die jener Hauptmann Lange zu Eigenschaftsworten gemacht hatte. »Dieser Offizier wurde mein Leitbild. Er verkörperte für mich den deutschen soldatischen Menschen und außerdem ein Christentum der Tat. Ich wollte werden wie er, ein Diener meines Vaterlandes.« Er war fasziniert vom Ethos des Offizierberufs, der, mehr als alle anderen, männliche Tugenden forderte. Sowohl sein Vater als auch seine Mutter stammten aus Offiziersfamilien.

In seinem Elternhaus dachte und lebte man sozial, aber auch national. Zwanziger Jahre: »Arbeitslosigkeit, drohende Überfremdung der Wirtschaft durch jüdisches und ausländisches Kapital.« Der Vater, Pfarrer einer Großstadtgemeinde, ein Deutscher Christ, hielt Adolf Hitler für den richtigen Mann und nahm Verbindung mit ihm auf. »Als ich einmal mit einer Blinddarmreizung zu Bett lag, hob mich Adolf Hitler eigenhändig hoch, hielt mich im Arm.«

Diese Verbindung des Vaters zu Hitler dauerte bis zum Jahre 1933. Als ihm die rassistischen Ideen Rosenbergs bekannt wurden, reiste er nach Berlin, sagte Hitler die Meinung und kehrte tief enttäuscht zurück. »Hitler ist auch nur ein Lump! Diesen Satz habe ich nie vergessen. Die Haltung meines Vaters beeindruckte mich. Ein aufrechter, mutiger Christ, der sagt, was er denkt, um jeden Preis, auch um den der eigenen Sicherheit.«

Der Vater wurde verhaftet und verlor sein Amt. Eine Zeit der Verfolgung begann, Hausdurchsuchungen, Verdächtigungen,

Verleumdungen. Die Kinder gehörten keiner nationalsozialistischen Jugendorganisation an. Samstags, am sogenannten Staatsjugendtag, wenn die anderen mit der Hitlerjugend Dienst taten oder auf Fahrt waren, erhielten sie zusammen mit den Schülern jüdischer Abstammung ›staatspolitischen Unterricht‹. Werner M. wurde von seinen Eltern in eine Schule in der Schweiz geschickt, später nach Südfrankreich, auch dort angefeindet als der ›boche‹.

Nach dem Abitur kehrte er nach Deutschland zurück, immer noch mit der Absicht, Offizier zu werden. Als Offiziersanwärter nahm er an den Feldzügen der Jahre 1939/40 teil. Da er immer noch nicht einer nationalsozialistischen Organisation angehörte, wurde er zunächst zu keinem Offizierslehrgang abkommandiert; erst als man seine militärische Begabung erkannte, wurde er auf die Kriegsschule geschickt, befördert und schließlich sogar in den Generalstab geholt. »Der Offiziersstand ist ja noch lange Zeit ein Bollwerk gegen den Nationalsozialismus gewesen.«

Jener Hauptmann Lange, dessen Lebensbeschreibung so stark auf Werner M. eingewirkt hatte, kämpfte ›Mit Gott für König und Vaterland‹, eine damals noch unangetastete Dreieinigkeit. Werner M. hatte ›Kaiser‹ durch ›Führer‹ zu ersetzen, ›Vaterland‹ durch ›Großdeutsches Reich‹; am Ende des Krieges blieb nur noch ›mit Gott‹ übrig, mit Gott ins Verderben. Vier Verwundungen trug er davon, Lungensteckschuß, Oberschenkeldurchschuß, Kopfschuß, aber er hatte eine zähe Natur. Nach jedem Lazarettaufenthalt kehrte er an die Front zurück. Sein älterer, bewunderter Bruder, der Theologe werden wollte, fiel in Stalingrad, ›Für Führer und Reich‹.

»Als ich die Verwerflichkeit des Systems, für das mein Bruder gefallen war und für das ich kämpfte, erkannte, geriet ich in immer schwerere Konflikte. Pflicht und Fahneneid auf der einen Seite, auf der anderen die bessere Erkenntnis.« Er kam mit den Offizieren des 20. Juli in Berührung, kannte die Verschwörer, aber er war zu jener Zeit im Fronteinsatz, Adjutant bei einer Kampftruppe, Oberleutnant i. G. Seine Einheit wurde bei Brest-Litowsk eingekesselt, er brach mit ihr durch, zeichnete sich aus, das entlastete ihn, nahm den Verdacht der Mittäter- und Mitwisserschaft von ihm; seine Freunde wurden hingerichtet. Bei Warschau geriet er mit seiner Einheit in Gefangenschaft, kam in das Sammellager Brest-Litowsk, später nach Minsk. Die Offiziere wurden zunächst nicht zur Arbeit eingesetzt, sie erhielten zum

Schlafen einen körperbreiten Platz auf einer Holzpritsche, eine Wassersuppe am Morgen, ein Stück Brot am Mittag. Hunderte starben täglich, Hunderttausende im Jahr. »In deutschen Gefangenenlagern sind nicht weniger Russen gestorben.«

Im Lager fanden sich Freunde zusammen, Gleichgesinnte. »Es war die Atempause nach dem Kriege. Wir verfügten über Zeit. Wir setzten uns mit dem Nationalsozialismus auseinander. Um uns geistig wachzuhalten, mußte jeder – die meisten waren ja Reserveoffiziere – aus dem Bereich seines Zivilberufs berichten. Ein Jurist hielt Vorträge über Strafrecht, ein Architekt entwarf uns auf Papierfetzen nach unseren persönlichen Wünschen Häuser, ein anderer trug Gesänge der Odyssee vor, die er auswendig wußte; einer setzte deutsche Volkslieder in drei- und vierstimmigen Satz für Männerchor. Auch ein protestantischer Pfarrer war unter uns, der das Abendmahl austeilte, in einer Ecke des Lagers; er sparte sich Brot vom Munde ab, eine alte Konservendose mit Wasser: doppeltes Mysterium, Wasser in Wein, Wein in Blut. Ich bin nicht der einzige aus diesem Kreis, der Pfarrer geworden ist.«

Dann folgte die Zeit der Prozesse. Werner M. hatte einer Division angehört, in der Kriegsverbrechen vorgekommen waren. Verhöre über Verhöre, Gehirnwäsche, Dunkelhaft, Urteil: 25 Jahre Straflager. Er wurde an die mongolische Grenze verschickt und arbeitete dort in einem Bergwerk. Trotz ständiger Durchsuchungen besaß er noch immer eine Taschenausgabe des Neuen Testaments, es fiel einem russischen Offizier, einem Juden, in die Hände, der es für ein faschistisches Buch hielt. »Als ich sagte, daß es Gottes Wort sei, gab er es mir zurück mit den Worten: ›Dann sieh zu, daß dein Gott dir hilft, aus diesem Lager ist noch keiner zurückgekehrt.‹« Er arbeitete mit russischen Strafgefangenen und mit Volksdeutschen zusammen; heimlich übersetzten sie Teile der Bibel ins Kirgisische, hielten Bibelstunden ab. Christen in den Katakomben der sibirischen Bergwerksschächte. Seuchen brachen im Lager aus, und wieder blieb er am Leben. 1950 erfolgte dann überraschend die Entlassung.

»Ich war – und bin – überzeugt davon, daß Gott eine Absicht mit mir hat, sonst hätte er mich nicht zurückkehren lassen. Mein Leben erscheint mir seither nicht als ein Anrecht, sondern als eine Gabe. Mit einer Rückkehr in ein normales, bürgerliches Leben hatte ich nicht mehr gerechnet. Viele Zeichen sind nötig gewesen, bis ich meinen künftigen Weg vor mir sah. Alle meine ehrgeizigen Pläne waren mir nach und nach zerschlagen worden: Kein bedeutender Stratege, kein hoher Offizier, kein erfolgreicher Reiter – erst im langsamen Aufarbeiten meiner Erfahrungen wurde mir klar, daß die mühsamen Wege zu einem Ziel hinführten, das mir immer deutlicher wurde. ›Gott ist in den Schwachen mächtig!‹«

Er kehrte verändert in eine veränderte Welt zurück: Bundesrepublik Deutschland im Jahre 1950. Ein Staat, der Leistung, Gewinn und Wohlstand zu seinen Idealen erklärt hatte.

Karl Jaspers hatte kurz nach Kriegsende vor den Studenten der Heidelberger Universität, zumeist Kriegsheimkehrern, die in umgeschneiderten Uniformen vor ihm saßen, gesagt: ›Wer in Kameradschaftlichkeit treu, in Gefahr unbeirrbar, durch Mut und Sachlichkeit sich bewährt hat, der darf etwas Unantastbares in seinem Selbstbewußtsein bewahren. Das rein Soldatische und zugleich Menschliche ist allen Völkern gemeinsam. Hier ist Bewährung und Fundament des Lebenssinnes.‹

Der Spätheimkehrer Werner M. steht hilflos vor den Barrieren einer Gesellschaft, die er weder kennt noch anerkennen kann; er stößt sich an der Engstirnigkeit und Engherzigkeit der staatlichen und kirchlichen Behörden. »Ich wollte Theologie studieren, Pfarrer werden, und man redete mir von erschwerten Prüfungsbestimmungen und Zulassungsbedingungen! Ich war entkräftet, mein Gedächtnis hatte gelitten, ich war dreißig Jahre alt. In jenem Konsistorium befanden sich die Worte der Bibel hinter Glas und waren in Stahl gerahmt.«

Wieder geht er in die Schweiz, studiert in Basel, hört Vorlesungen bei Karl Barth und Karl Jaspers, studiert in Zürich, neben Theologie auch Soziologie und Psychologie, später studiert er dann auch in Deutschland, hört die namhaften Theologen jener Jahre, ohne deren Schüler zu werden. Er lebt bedürfnislos von dem, was Verwandte und Freunde ihm zuwenden können. Wer dreißig Jahre alt ist, studiert anders als andere; in der Zwischenzeit waren die Heimkehrer aus den Hörsälen verschwunden.

Seit 1955 ist er Pfarrer in einer Kleinstadt. Dorthin war er nach dem ersten Examen als Kandidat geschickt worden, dort ist er auf Wunsch der Gemeinde bis heute geblieben.

»Was ist für Sie in Ihrem Amt die wichtigste Aufgabe, Verkündigung oder Seelsorge?«

»Die Seelsorge ist die beste Form der Verkündigung! Gesprächskreise, Seminargruppen für Ehe- und Erziehungsfragen, aber auch für lokalpolitische Fragen, Wochenschlußandachten. Unser Angebot ist groß.«

»Und die Nachfrage?«

»Ist gering. Aber es kommt nicht darauf an, daß der Kreis groß ist. Eine Gemeinde braucht vor allem einen gesunden Kern, um den sich dann die anderen, die Gewohnheitschristen, schließen, wie Fruchtfleisch. Ist die Zelle nicht gesund, kann der ganze Organismus nicht gesund bleiben oder gesund werden.«

Er spricht offen und freimütig; bereits im ersten Satz wird er wesentlich. Er hält sich mit leeren Formeln nicht auf, als sei ihm die (Lebens-)Zeit dafür zu kostbar.

»Was tun Sie, wenn Sie einmal mit sich, mit Gott und der Welt nicht im reinen sind, setzen Sie sich an Ihr Cembalo, laufen Sie durch die Wälder, was tun Sie?«

»Beten. Ich halte sehr viel vom Gebet. Beten ist das Handwerk des Christen, sagt Luther.«

Er weitet mit einem einzigen Satz den Raum aus, in dem er sich befindet, schafft eine andere, weitere Dimension, eine Vorstellung von Himmel. Nähme man ihn ins Kreuzverhör, würde er daraus ein Verhör unterm Kreuz machen.

»Wie stehen Sie zur sozialen Forderung der christlichen Lehre?«

»Glaube kann nur im einzelnen gelebt werden, Paulus – ja! Urchristentum ja! Aber das wichtigste ist das Leben von Christus. Er tat Wunder am einzelnen. Er hätte Wüsten bewässern können, Sümpfe trocken legen; aber er ging hin und machte einen Blinden sehend, heilte einen Aussätzigen. Er ist ein Gott des einzelnen Menschen. Ich glaube nicht an Weltveränderung, aber ich glaube, daß der einzelne zu verändern ist, besser: sich ändern kann. Revolution in jedem einzelnen Menschen!«

»Wie ist es möglich, daß Gott das Böse überhaupt zuläßt?«

»Der Mensch ist ›ein begnadeter Sünder‹. Beides ist in ihm, das Böse, aber auch die Möglichkeit, begnadigt zu werden.«

Die Erfahrungen eines Mannes und der Glaube eines Kindes. Kind Gottes. Er lebt in einem Vater-Sohn-Verhältnis. Seine Erfahrungen sind nicht angelesen und daher auch keine Ansichten. Das unterscheidet ihn von den jüngeren Pfarrern. Er hat am Nullpunkt und darunter gelebt, viele der modernen Theorien der Kirche prallen an ihm ab. ›Zuviel gelitten und zuviel gewußt!‹

Die Frage der geschichtlichen Wahrheit des Neuen Testaments ist ihm unwichtig. »Es handelt sich nicht um einen Bericht, sondern um eine Aussage! Die Existenz Gottes muß nicht bewiesen werden. Gott ist! Wo unser Wissen aufhört, beginnt die Ehrfurcht.«

Ein überzeugter und darum ein überzeugender Christ, ohne Bruchstellen. Weder ein Schwärmer noch ein Zweifler. Kein falscher Zungenschlag, nach dem Munde redet er niemandem. Er läßt sich nicht entmutigen, auch nicht durch Fehlschläge. Abends macht er Hausbesuche, dann läuft der Fernsehapparat, und er wird seinetwegen nur selten abgeschaltet. »Trotzdem weiß man nie, wo man wirkt, vielmehr: wo Gott wirkt. Es geht nicht um meine Sache, sondern um die Sache, die ich vertrete.«

Er hätte eine bedeutendere Laufbahn nehmen können, aber er hat bisher jeden Ruf an einen größeren Wirkungsbereich abgelehnt, er kennt den gefährlichen Ehrgeiz, der in ihm steckt.

Sein Haar ist grau, fast schon weiß, aber dicht und ungebärdig; fünfzig Jahre ist er jetzt alt. Seine Frau ist fünzehn Jahre jünger, sie gehört nicht der Kriegsgeneration an, sie denkt anders als er und stellt andere Fragen. Sie hat oft eine andere Meinung, aber beide sind eines Geistes. Als sie Oberprimanerin war, erteilte er in ihrer Klasse Religionsunterricht. Bevor sie heirateten, hat sie ihr Studium abgeschlossen; sie nimmt den Beruf der Pfarrfrau ernst. Wenn Pfarrer M. mit seinen Kindern umgeht, wirkt er mit seinen 1 Meter 90 noch größer und die Kinder besonders klein und schutzbedürftig. Er wechselt die Rollen nicht, er bleibt, wo er auch ist, der Seelsorger, im Gemeinderat, in der Sakristei, in seinem eigenen Haus. Er hat das Pflichtgefühl des Offiziers auf sein Amt als Pfarrer übertragen. In seiner Bibliothek steht neben der theologischen Literatur die Kriegsliteratur des Zweiten Weltkriegs, auch die der ehemaligen Gegner. Montgomery, Schukow, J. F. C. Fuller.

Als in seiner Gemeinde eine Einheit der Bundeswehr stationiert werden sollte, machte er seinen Einfluß geltend, um es zu verhindern. Er weiß, wie sehr eine Garnison ins Leben einer kleinen Stadt eingreift. »Viertausend Zivilisten und tausend Mann Militär! Aber als die Entscheidung für die Stationierung gefallen war, habe ich mich bereit erklärt, Militärpfarrer zu werden. ›Du sollst dich nicht vorenthalten‹, sagt Martin Buber. So lange Heere notwendig sind, muß es für die Soldaten Seelsorger geben. Im Sinne Graf Baudissins: Wehrpflicht ist ein Friedensdienst, der zur Zeit noch notwendig ist. Bis eine neue Möglichkeit gefunden wird, Streitigkeiten zwischen den Völkern zu lösen. Eine Instanz wie die Vereinten Nationen etwa. Ich hoffe, noch eine Zeit zu erleben, in der eine allgemeine Wehrpflicht nicht mehr notwendig sein wird, wo es allenfalls kleine stehende Heere geben wird.«

»Die Stadt hat aber Nutzen gezogen aus der Garnison?«

»Wirtschaftlich ja. Es ist auch ein Element der Unruhe eingezogen, das tut dem Ort gut, natürlich nicht immer. Das meiste ist ja gut und schlecht zugleich.«

»Kümmern Sie sich auch um die Kriegsdienstverweigerer?«

»Natürlich! Sie brauchen Unterrichtung. Ich spreche mit ihnen, einzeln, aber auch in Gruppen. Man muß sie alle aus ihrer Vereinzelung herausholen, dasselbe gilt für alle anderen Einrichtungen, die ich betreue, Waisenhaus, Altersheim, Strafanstalt, Krankenhaus. Man muß versuchen, Brücken zu schlagen.«

»Sitzen Sie im Gemeinderat?«

»Nein, ein Pfarrer soll unparteiisch sein, aber die Sitzungen sind öffentlich, ich sage dort meine Meinung. Zum Beispiel will man jetzt unsere Stadt mit der Nachbarstadt zusammenlegen. Ich hoffe, daß es nicht dazu kommt! Ich glaube nicht daran, daß ein größeres Gebilde handlungsfähiger ist als ein kleines. Die Lebensfähigkeit eines Ortes verträgt sich nicht immer mit Rentabilität und Rationalisierung! Wie soll ein Mensch auf eine überirdische Heimat hoffen, wenn er nie die Verwurzelung in einer irdischen gekannt hat? Das ist einer der Gründe, weshalb ich hier bleibe. Meine Kinder sollen kennenlernen, was es bedeutet, eine Heimat zu haben, ein Zuhause.«

»Sie selber haben hier inzwischen Fuß gefaßt? Sie fühlen sich zu Hause?«

»Ja. Aber ich träume oft – und dieser Traum kehrt immer wieder: Ich befinde mich in Gefangenschaft, man hat mir Urlaub auf Ehrenwort gegeben, ich weiß, daß ich nie mehr herauskommen werde, wenn ich wieder in das Gefangenenlager zurückkehre, und tue es trotzdem.«

Ein Traum. Das Trauma des ewigen Heimkehrers, auch er ein Beckmann. Werner M. gehört dem Jahrgang 1921 an, wie Wolfgang Borchert, wie ich.

Totalschaden

21. März, erster Frühlingstag. Anemonen und Primeln auf braunen Winterwiesen, Kätzchen am Waldrand, der erste Schmetterling, die ersten Butterblumen am Bach, die erste Hummel. Felswände, Brücken und Stauseen, Berghänge, die eben noch Skihänge waren, Abgründe, Tannen und Fichten, hoch und dicht wie im Schwarzwald.

Wir fahren von Süd nach Nord. Keine Bahnlinie auf dieser Strecke, keine durchgehenden Buslinien; Individualverkehr. Schwarzer Anzug, schwarzes Kostüm, Partner-Look für den gemeinsamen Auftritt im Festsaal von Königsfeld, letzte Station einer Autoren-Reise.

Schluchsee, Donaueschingen, dann die B 33. Die Straße wird breiter, bleibt aber zweispurig, verläuft gerade; der Verkehr nimmt zu, die kleinen und mittleren Betriebe am Osthang des Schwarzwaldes haben Betriebsschluß, Angestellte und Arbeiter pendeln zwischen Wohn- und Arbeitsplatz, das Pendel schlägt im Tempo von achtzig bis hundert Stundenkilometern hin und her. Wir halten Abstand, fahren achtzig. Ein Wagen will uns überholen, ein anderer kommt ihm entgegen, der überholende Wagen schneidet uns, um den Frontalzusammenstoß zu vermeiden, mein Mann reißt das Steuer nach rechts, versucht gegenzusteuern, der Wagen gerät ins Schleudern. Ich sage, was ich vor fünfzehn Jahren in einer Erzählung eine alte sterbende Frau zu ihrem Mann sagen ließ. Letzte Worte. Dann nur noch Masse × Geschwindigkeit × Reibung, Asphalt + Eisenblech = Totalschaden. Angewandte Mathematik. Der Wagen überschlägt sich mehrfach, bleibt links der Straße auf einem Acker liegen.

Mein Mann ruft nach mir: Ich rufe nach ihm, sehe seinen Kopf, aus dem Blut strömt. Dann müssen wir uns aus den Trümmern herausgearbeitet haben, daran erinnern wir uns später beide nicht. Das Rückfenster liegt weit vom Wrack entfernt. Ich krieche über den Acker, den Mund voll Erde, finde den Verbandkasten, versuche Mullbinden von der Hülle zu befreien, aber der Blutstrom am Kopf meines Mannes ist breiter als die Mullbinden. Ich knie, halte ihn in den Armen, er fragt: Bist du heil, ich sage ja. Er wird in meinen Armen verbluten, auf diesem Acker, und er sagt: Ich habe eine Schramme am Kopf. Sein Blut fließt über uns beide, fließt auf die Erde, ein Kreis von Zuschauern um uns, hilflos, mitleidig. Jemand trägt das Gepäck zusammen, das weit verstreut liegt, klopft meinen Hut ab, jemand sagt: Schade um den schönen Hut. Das Blut rinnt, die Zeit rinnt. Sekunden, vielleicht nicht einmal zweihundert Sekunden, dann fährt ein Streifenwagen der Polizei vorbei, zufällig. Erst das Unglück, dann eine Kette von Glücksfällen: der Streifenwagen, der über Funk ein Sanitätsauto herbeiruft. Wieder vergeht Zeit. Das erste Unfallprotokoll wird aufgenommen, die Wagenpapiere in den Trümmern gesucht, der Führerschein aus der Brieftasche geholt. Sie sind nicht verletzt? Nein, sage ich. Sie haben das Bewußtsein nicht verloren? Nein, sage ich. Mein Mann sagt: Ich muß eine Schramme am Kopf haben, ich blute. Wir schildern den Unfall; machen Angaben über den Wagen, der uns überholt hat: beige, Mittelklasse, ein Mann von etwa fünfzig am Steuer. Das Kennzeichen haben wir nicht erkannt. Die Bremsspuren werden geprüft, nach Augenzeugen wird gefragt. Personalien. Keine Blutprobe. Mein Mann wird auf die Bahre gelegt, ein Sanitäter preßt die Kopfwunde zu. Als ich mit leeren Armen auf dem Acker knie, werde ich gewahr, daß ich mich nicht mehr bewegen kann. Eine zweite Bahre für mich. Das Gepäck wird in den Sanitätswagen geladen, wieder taucht der Hut auf. Das Autowrack bleibt zurück. Ein Schrotthändler aus Villingen holt es am Abend ab, deckt eine Plane darüber.

Zum ersten Mal mit Blaulicht und Martinshorn. Die Schmerzen verschlimmern sich, in kurzen Abständen sagt der Sanitäter: Wir sind gleich da. Städtisches Krankenhaus Villingen. Unfallstation. Angaben zur Person. Krankenkasse: privat. Wenig Formalitäten, aber es ist 18 Uhr, Tag- und Nachtwechsel des Klinikpersonals. Der Chefchirurg wird telefonisch verständigt. Man wäscht uns Erde und Blut aus dem Gesicht, von Händen und Beinen, sucht nach offenen Wunden, wäscht das Blut meines Mannes von mir ab, sonst geschieht nichts. Dann der Chef: weißhaarig, rosig, zuversichtlich. Bewegung kommt in die Szene. Ein Blick auf meinen Mann: Operation vorbereiten. Dann ich. Können Sie den Kopf bewegen? Ja. Die Arme? Ja. Die Beine? Ja. Können Sie sich aufrichten? Nein. Können Sie sich drehen? Nein. Er tastet den Rücken ab. Ich stöhne. Röntgen! Pfleger kommen, taxieren meine Länge, mein Gewicht, sie heben mich von Bahre zu Bahre. Die Krankenhausgänge werden zu Kanälen, Fahrstuhltüren zu Schleusen, ich verliere die Orientierung, komme ans Tageslicht, tauche unter in Lampenlicht. Man hebt mich auf den Röntgentisch, sucht nach Metall an meiner Kleidung, zieht mir den BH aus, bringt den Körper in die richtige Lage. Einatmen, ausatmen, nicht mehr atmen! Ich reagiere noch auf Kommandos. Man bringt mich in Seitenlage. Einatmen, ausatmen, nicht mehr atmen! Die Pfleger kommen, ich schlinge wieder meinen Arm um einen Hals. Tragbahre, Fahrbahre, wieder die langen Kanäle, die Schleusen der Fahrstühle, von nun an alles aus der Sicht des Kleinkindes, Köpfe beugen sich über mich, jemand sagt: Unfall! Fahrerflucht! Plötzlich sehe ich meinen Mann. Die Vorgänge treiben uns auseinander und wieder zusammen. Man stellt mich in seiner Nähe ab, wir geben uns Zeichen. Während der Operation starre ich auf seine Schuhe, sie zucken bei jedem Stich. Kein Laut, nur die Anordnungen des Chirurgen, das Klappern des Bestecks, nur Einstich und Ausstich durch die dicke Kopfschwarte, zehn Zentimeter in jeder Richtung, ein Winkel. Der Druckverband wird angelegt, der Kopf wird dicker und dicker, Mund, Nase und Ohren bleiben frei. Zum Schluß wird ein grobmaschiges, elastisches Netz darüber gezogen. Tetanusspritze, Impfpaß, Versorgung der offenen Wunde am Bein.

Meine Röntgenbilder werden gebracht. Der Chirurg sieht sie sich an, sieht mich an. Was haben Sie für Glück gehabt! Diagnose: Fraktur am dritten und vierten Querfortsatz der Lendenwirbel, großflächige Hämatome im gesamten Wirbelsäulenbereich. Man gibt mir die erste schmerzlindernde Spritze und ein Kreislaufmittel.

Der Veranstalter der Lesung in Königsfeld muß verständigt werden! Die Kette der Glücksfälle reißt nicht ab. Dr. H., der Veranstalter der Lesung, ist Arzt, leitet ein Sanatorium, die Ärzte kennen sich. Es wird telefoniert. Draußen dunkelt es. Ich liege auf meiner Bahre, mein Mann sitzt mit seinem großen weißen Kopf neben mir. Ich sage: Achill! Alle Augen wenden sich mir besorgt zu. Ich wiederhole: Du siehst aus wie Achill aus Troja!

Es wird beschlossen, uns in das Sanatorium in Königsfeld zu bringen. Der Krankenwagen trifft ein, ich wechsle von Bahre zu Bahre, mein Mann schreitet mit seinem weißen Riesenkopf neben mir her. Wieder mit Blaulicht durch ein Stück Schwarzwald.

Königsfeld. Die Scheinwerfer treffen eine Litfaßsäule, ein gelbes Plakat. ›Christine B. und Otto Heinrich K. lesen aus eigenen Werken!‹ Ich sage: lesen nicht! Er sagt: Lesen! Ich werde für uns beide lesen, hindere mich nicht, man darf den Veranstalter nicht im Stich lassen. Unfalleuphorie kommt über ihn: Wir leben! Wir sind nicht entstellt, alles wird heilen. Dr. H. legt ihm ein weißes Halstuch über das blutige Hemd. Er nimmt die Mappe mit unseren Büchern, man fährt ihn zum Festsaal. Happening in Königsfeld. Wirklichkeit, Lebensnähe.

Für mich hat man ein Bett im englischen Salon gerichtet, parterre; die Krankenzimmer wären mit der Bahre schwer zu erreichen. Der Unfallschock stellt sich erst nach Stunden ein. Der Körper rebelliert, er ist gekränkt, verletzt und protestiert mit allen Organen. Kreislaufkollaps, am nächsten Tag ein zweiter. Schmerzen, Tränen, Dankbarkeit, Hilflosigkeit. Schnabeltasse mit Tee, Brei, Umschläge, Salben, Spritzen. Der Veranstalter wird wieder zum Arzt, kontrolliert Herz und Blutdruck, kommt bei Tag und Nacht, bleibt, wenn es nottut. Draußen ist strahlender Vorfrühling, die Läden bleiben halb geschlossen. Ich liege in einem Zimmer, in dem Albert Schweitzer einmal gelebt hat, umgeben von jahrhundertealten englischen Möbeln, unter Bildern längst Verstorbener, ich altere, werde vergänglich, zeitlos. Spritzen, Medikamente. Geist und Seele befinden sich in hellem Aufruhr, Halbschlaf, Halbtraum und Alptraum und immer der weiße überdimensionale Kopf meines Mannes. Wir leben! sagt er. Nebenan spielt der Sohn des Hauses Mozart und öffnet die Tür einen Spalt. Patienten kommen zu uns ins Zimmer, trinken ein Glas Sekt auf unsere Rettung. Fremde schicken Blumen, kleine Geschenke.

Im ›Schwarzwaldboten‹ erscheint eine Notiz, die man mir nicht zeigt. Acht Zeilen, mehr nicht. Ich sage ›danke‹, manchmal auch ›bitte‹, versuche zu lächeln, weine statt dessen, weine vor Leben. Fünf Tage vergehen, betäubt von Schmerzen und schmerzbetäubenden Mitteln. Aus dem Arzt wird ein Freund. Nichts als Freundlichkeit um uns, eine Welle der Anteilnahme hat uns erfaßt, trägt uns. Über Wochen, noch jetzt.

In der letzten Nacht tritt Dr. H. im Traum an mein Bett und sagt: Wer in diesem Haus gesund geworden ist, hat einen Baum gepflanzt. Er nimmt mich bei der Hand, geht mit mir über eine Wiese, zeigt mir einen Wald von Föhren, die in den Himmel gewachsen sind, und stellt sie mir einzeln vor. Dies ist Albert Schweitzer, sagt er, und dies Oswald von Nostiz und dies Robert Minder. Ein Wald voller gesunder Bäume . . . Und dann steht er wirklich vor meinem Bett, gibt mir eine Spritze mit Langzeitwirkung, draußen wartet der Rotkreuz-Transportwagen. Ich trage immer noch mein rotes Spitzennachthemd, das inzwischen steif ist von Salben. Krankenpapiere, die Rolle mit den Röntgenbildern, Ratschläge, Notfallmedikamente, der Cellophansack mit unserer blutigen Garderobe, Blumen und Geschenke. Die Fahrer taxieren meine Länge und mein Gewicht, ich bereue beides. 170 Zentimeter, 62 Kilo, falls die Geschwülste nicht das Gewicht erhöhen.

Man schnallt mich auf mein Vakuumbett fest. Der Wagen ist mit Sauerstoffgerät und Klimaanlage ausgestattet, die Fenster sind aus Milchglas, nur oben, in Augenhöhe, ein zwanzig Zentimeter breiter Streifen, durch den ich am Verkehr teilhaben kann. Umarmungen, Winken, Abschied.

Gutachtal, Kinzigtal: Schwarzwaldhöhen und -täler, Schwarzwaldhäuser, Schwarzwaldmühlen, Schwarzwaldstraßen mit weiten Kehren und engen Kehren, Ortsdurchfahrten. Ich hänge am Haltegriff, rückwärts, kopfunter.

Dann Autobahn Richtung Frankfurt. Wieder ein strahlender Frühlingstag, es ist Samstag. Tausende von Autofahrern wollen wissen, wer in diesem Rotkreuzwagen liegt. Erst wenn sie das Entsetzen in meinen Augen gesehen haben, sind sie befriedigt und überholen, machen dem nächsten Platz. Fahrbahnwechsel, schlechte Fahrstrecke, Überholverbot, Baustellen – alles wird von meiner Wirbelsäule und meinen Nerven registriert. Nach sieben Fahrstunden halten wir vor dem Diakonissenhaus in K., Chirurgische Abteilung.

Zweiter Klasse, Einbettzimmer. Ich liege auf einem Brett. Wenn ich den Blick hebe, fällt er auf den Wandspruch. »Der Herr ist mein Hirte, mir wird nichts mangeln.« Aber es mangelt mir an Zuversicht, an Geduld, an Nachsicht, manchmal auch nur an einer Wärmflasche. Der Chefarzt betrachtet die Röntgenbilder und sagt: Erstaunlich! Was haben Sie für ein Glück gehabt! Mit Hammer und Meißel könnte ich diese Querfortsätze kaum abschlagen. Mein Körper wird vorgezeigt und bestaunt. Prellungen, Schwellungen in sämtlichen Farben an sämtlichen Gliedmaßen. Ich werde gewaschen, gebettet, gefüttert, gekämmt. Ich werde mir fremd, seit mein Körper von fremden Händen gehandhabt wird, er reagiert unberechenbar, schwach oder heftig.

Sie treten als Ärzte, Schwestern, Pfleger, Putzfrauen, Besucher und Pfarrer an mein Bett und verwandeln sich sogleich in Autofahrer: Wie ist denn das passiert? Die einen sagen: Was haben Sie für Glück (in Abwandlung: Schwein oder Dusel) gehabt. Die anderen: Was haben Sie für ein Pech gehabt! Sie sagen: Vollbremsung riskiere ich nie! – Hatten Sie noch Spikes drauf? – Instinktiv reißt man das Steuer 'rum. – Drauffahren, einfach drauffahren! – Sicherheitsgurte! Alle sind sich einig: Man hat zu wenig Unfallpraxis. Man weiß nicht, wie man in der Schrecksekunde reagiert. Sie reden von Vorfahrt, Straßenverkehrsordnung und Fahrermoral. Der Pfarrer sagt: Da hat Gott seine Hand über Sie gehalten. Ich verbessere ihn: beide. Er sieht mich fragend an, ich sage es deutlicher: beide Hände.

Unsere Rettung geht zurück in die Erdgeschichte. Auffaltung des Schwarzwalds im Tertiär, Einsturz des Rheintals. Aber an der Unfallstelle keine Felswand, kein Steilhang, kein Stausee, nicht einmal eine einzige Schwarzwaldtanne, sondern ein Acker, ein Sturzacker! sage ich. Wie die Unglücksraben hockten wir in unsren schwarzen Sachen auf dem Acker . . .

Denken Sie nicht mehr daran! befiehlt man mir, in einem halben Jahr haben Sie das alles vergessen, kriegen Sie nur kein Auto-Trauma, setzen Sie sich gleich wieder ins Auto! Man bringt Blumen, Mitgefühl, frische Nachthemden und berichtet von einer Cousine, die seit sechs Wochen in Gips liegt, mit Wirbelsäulenfraktur, von einem Querschnittgelähmten, der mit Hilfe eines Stöckchens, zwischen die Zähne geklemmt, Schreibmaschine schreibt.

Die Schmerzen lassen nach, die Prellungen ändern die Farbe, die Schwellungen gehen zurück, aber ich falle bei Tag und Nacht in Träume, aus denen ich schwer zurückfinde. Mein Schwager veranstaltet eine Führung durch sein Haus, ich befinde mich unter den Besuchern, er öffnet eine Tür, sagt: . . . Und dies ist das Sterbezimmer meines Bruders und meiner Schwägerin.

Karwoche. Im Rundfunk scheint man Wagner für einen Karwochen-Komponisten zu halten. Ich suche im Kofferradio nach Mozart, Haydn, Brahms. Am wohltätigsten sind Flötenkonzerte. Im Gottesdienst wird für die Verkehrstoten und Verletzten gebetet. Ich weine, weil ich dazugehöre. Ich habe innere Verletzungen davongetragen, über die ich nur mit einem sprechen kann. Mein Mann nimmt die Baskenmütze nicht mehr ab, damit die Kopfwunde, deren Fäden inzwischen gezogen wurden, mich nicht erschreckt; aber ich behalte das Bild vor Augen: sein blutüberströmter Kopf in meinen Armen, und er sagt: Ich höre noch immer deine letzten Worte. Man bringt mir die Beileidsbriefe, in denen steht: »Ein Autounfall gehört zum Erfahrungsbereich des modernen Menschen, er erweitert sein Bewußtsein.«

Ich schlage den Schwestern und den Besuchern vor, mir zu Ostern die Füße zu waschen – die Füße werden selbst von den freundlichsten Nachtschwestern nicht gewaschen. Zum Passahfest! sage ich. Jemand reibt sie mir mit Kölnisch Wasser ab. Ich lerne es, mir die Zähne zu putzen, ohne den Körper dabei zu bewegen. Wenn man mir hilft, kann ich auf dem Bettrand sitzen und kann durch die Terrassentür sehen: Der Frühling hat sich zurückgezogen, an der Akazie rascheln die Schoten des Vorjahres. Auf meinem Tisch stehen zeitlose Treibhausblumen, Erdbeeren aus Israel, Heidehonig und Sekt. Verwöhnung. Die Schwestern sind schwesterlich, die Freunde freundlich, die Pfleger pfleglich, alle machen ihrem Namen Ehre. Manchmal denke ich an den, der so brutal in unser Leben eingegriffen hat, der mein Mörder, gewiß aber mein fahrlässiger Töter hätte werden können, der unbekümmert weitergefahren ist. Oder bekümmert? Ich weiß es nicht. Sie Pechvogel! sagt jemand. Ich versuche zu erklären, zu missionieren, sage: Gott ist nicht für den Verbrennungsmotor zuständig! Er ist nicht für die Fahrweise der Verkehrsteilnehmer zuständig! Aber er kann das Opfer bewahren . . . Wenn Sie es so ansehen! Man ist nachsichtig mit mir, will mich nicht aufregen, morgens, mittags, abends gibt man mir Beruhigungsmittel. Ich döse, lese zwei Wochen lang an einer alten Rundfunkzeitung.

Jemand hat es nachgezählt: in meinen Büchern gäbe es mindestens fünf Verkehrsunfälle mit insgesamt vier Toten, fünf Verletzten, zwei Totalschäden. ›Sie scheinen auf diesen Unfall buchstäblich zugesteuert zu sein, seit Jahren! Einmal schreiben Sie über den Verkehrstod: »Das sind rituelle Opfer, die der Technik gebracht werden müssen; wie bei den Primitiven: Tieropfer und Menschenopfer. Mit einem Computer könnte man die Zahl errechnen. Damit soundso viele Menschen sich schnell fortbewegen können, müssen soundso viele getötet werden. Von Schuld im religiösen Sinn kann nicht mehr die Rede sein . . .«‹

Fünf Wochen nach dem Unfall erhalten wir eine Vorladung der Verkehrsüberwachung des zuständigen Polizeipräsidiums zwecks Zeugenaussage in eigener Sache. Man gestattet mir, meine Aussage schriftlich zu machen, und empfiehlt den Schlußsatz: »Ich behalte mir vor, Strafanzeige gegen Unbekannt zu erstatten.«

Bald ist Pfingsten. Ich bin wieder zu Hause. Im Garten blüht der Flieder. Ich lerne zu gehen, zu sitzen, zu schreiben. Massagen, Gymnastik, Bäder, Einreibungen. Die Freunde bringen Fertig- und Halbfertiggerichte, sorgen für die Wäsche, putzen das Haus, erledigen die Korrespondenz. Freunde in der Not. Die

Arztkosten haben inzwischen die Sechstausend-Mark-Grenze überschritten, wir legen die Rechnungen auf die Briefwaage. Ich las im ›Steppenwolf‹: »Bei jeder solchen Erschütterung meines Lebens hatte ich am Ende irgend etwas gewonnen, das war nicht zu leugnen, etwas an Freiheit, an Geist, an Tiefe, aber auch an Einsamkeit, an Unverstandensein, an Erkältung.« Ich zähle dieses zweite, neugeschenkte Leben nach Wochen und Tagen.

Meinleo und Franziska

Hören Sie doch nicht auf das, was die Nachbarn sagen! Die Wände mögen noch so dünn sein, man hört immer nur, was laut gesprochen wird, die leisen Worte hören Nachbarn nie. Und es hat eine Zeit gegeben, da flüsterte sie: Mein Leo. Nachts flüsterte sie in ihr Kissen: Mein Leo, und tags lag sie ihrem Vater in den Ohren mit: Mein Leo, mein Leo!

Sie hat ihn bekommen. Zwanzig Jahre hat es gedauert; zwanzig Jahre, in denen sie gesagt hat: »Mein Leo«, bis er es war: ihr Leo. Er hatte ihr nur ein einziges Mal das Haar gewaschen und gesagt: »Was für ein hübsches kleines Ohr, Fräulein Franziska!« Bald danach hatte ihr Vater den jungen Friseurgehilfen Leo K. entlassen. Die späteren Gehilfen durften im Damensalon nicht mehr aushelfen, nicht einmal vor Pfingsten.

Franziska traf den Leo K. weiterhin am Montagabend bei den Proben einer Liebhaberbühne. Ihr Vater hätte ihn bei der festlichen Premiere – man spielte ›Weh dem, der lügt!‹ – im Kostüm eines mittelalterlichen Küchenjungen schwerlich erkannt, wenn ihm nicht der Klang von »Leon« und »Wie nur, Leon« aus dem Mund seiner Tochter allzu vertraut gewesen wäre. Der erzürnte Vater wartete das glückliche Zusammenfinden der Liebenden auf der Bühne nicht ab, sondern holte seine Tochter eigenhändig aus den Armen des unerwünschten Leon und untersagte ihr nicht nur die Liebe zu dem jungen Mann ihres Herzens, sondern auch die Liebe zur Kunst.

Leo K. ging bald darauf außer Landes, aus Kummer und aus Abenteuerlust. Franziska bediente im Damensalon, hielt den Fön über braune und über blonde Köpfe, betrachtete nachdenklich die Ohren der Kundinnen und prüfte im Spiegel das ihre, ob es noch so hübsch und klein unter dem aufgetürmten Haar hervorsah, und sagte, mein Leo meint, mein Leo findet, mein Leo . . .

Nun gibt es gerade in einem Damensalon wirkliche Vertrauensverhältnisse. Wer entdeckt denn die erste weiße Strähne? Nur menschlich, wenn man ein Wort darüber verliert.

Und die Kundin fragt zurück: Und Meinleo?

Der Herrensalon befindet sich rechter Hand, der Damensalon linker Hand. Die Verbindungstür ist geschlossen, aber da fehlt einmal eine Schere, da möchte ein Herr seiner Frau ein Fläschchen Parfüm mitnehmen, da hat eine Kundin ihr Söhnchen mitgebracht, das seinen ersten Haarschnitt haben soll, kein Wunder also, daß bei jedem Öffnen der Tür Meinleo in den Herrensalon dringt. Der wahre Leo ist beseitigt, aber Meinleo hat seinen Siegeszug auch in den väterlichen Herren-Salon gehalten. Man hört bereits von einem Haarschnitt à la Leo, dessen Besonderheit die nur ein Zentimeter hohe Bürste über der Stirn ist; im Damensalon bevorzugt man eine Frisur, die das Ohr, zumindest aber das Ohrläppchen, freiläßt.

Welcher Mann hätte Meinleo zum Gegner haben mögen? Da fand sich keiner, obwohl der Vater in späteren Jahren den einen oder anderen Gehilfen mit einem Auftrag in den Damensalon schickte. »Gehen Sie Fräulein Franziska zur Hand! Waschen Sie Fräulein Franziska das Haar!« Was für ein armseliger und rührender Einfall eines Vaterherzens! Solch ein Wunder wiederholt sich doch nicht.

Und dann kam Meinleo wieder. Von wo er zurückkam, erfuhren die Nachbarn nie. Er konnte noch mit auf den Friedhof gehen und dem Vater die letzte Ehre erweisen. Am nächsten Morgen beugte er sich bereits über den ersten Kunden im Herrensalon. Der weiße Kittel des Schwiegervaters hing ihm lose über den Rücken. Meinleo war nicht gut im Stand, aber daran waren die schlechten Jahre schuld. Er schien sie in Kanada verbracht zu haben, oder war es Australien, oder war er doch nur in Neukölln gewesen? In einer Großstadt befindet man sich außer Landes, wenn man in einen anderen Stadtteil zieht. Jahre später, als sich gelegentlich ein amerikanischer Besatzungssoldat in den Salon verirrte, kam das »how are you« und »all right« etwas unbeholfen über Meinleos Lippen, aber es wäre möglich, daß es nicht nur sprachliche Hindernisse waren, die ihm den Umgang mit den Vertretern der Siegermächte erschwerten.

Das Hin und Her von Kämmen und Scheren zwischen Herrensalon und Damensalon war zunächst heftiger geworden, normalisierte sich aber bald. Als die Zeit der gebrannten Wandsprüche kam, hing im Damensalon zwischen den Spiegeln über den beiden Waschbecken:

WO EIN WILLE IST,
DA IST EIN WEG

Und manchmal, wenn Frau Franziska die Röllchen für die Dauerwelle an die elektrischen Kabel anschloß, ruhte ihr Blick versonnen auf dem Spruch. Abends verglich sie den Inhalt der beiden Ladenkassen miteinander. Der Salon MEINLEO, wie man ihn zu der Zeit bereits nannte, florierte rechts und florierte links. Die Einkünfte gingen in einen Topf, und dieser Topf gehörte Frau Franziska, doch nie hat einer ihr nachsagen können, daß Meinleo hätte abliefern müssen, was sich im Laufe eines Tages in seiner Kitteltasche ansammelte. Er verwendete diese Sondereinnahmen, wie sie gedacht waren, als Trinkgeld. Er trug es nicht weit, nur bis zum Lokal Augusta-, Ecke Annastraße. Dort saß er nahezu zwei Stunden, trank sein Bier und rauchte drei Zigarillos. Schweigend. Reden gehörte bei ihm zum Handwerk, und abends tat er nur, was er am Tag nicht tun konnte: sitzen, schweigen, trinken, rauchen und sich bedienen lassen.

Die beiden gingen nicht sofort zum Standesamt und auch nicht zur Handelskammer. Wer selbständig ist, der weiß, wie schwierig es ist, die amtlichen Wege rechtzeitig zu erledigen. Der Salon hieß sowieso MEINLEO, und als Leo in einem der letzten Monate des Zweiten Weltkrieges einem Kunden empfahl, den Schnurrbart nicht mehr in der Form einer Fliege zu tragen, diese Fliegen hätten nun bald das Zeitliche gesegnet, da holten ihn hinterher zwei Zivilisten ab. Frau Franziska hängte ein Schild an das rechte Schaufenster:

VORÜBERGEHEND
BIS KRIEGSENDE GESCHLOSSEN

Sie konnte jetzt die Kohlenration ungeteilt für den Damen-Salon verbrauchen, das Seifenkontingent ebenfalls, sie sprach wie früher von Meinleo, dessen Familienname niemand in der Nachbarschaft wußte, was die Verweigerung von Auskünften erleichtert. Eines Tages stand Meinleo dann wieder vor der Tür, zog seinen weißen Kittel an, der jetzt noch loser über den gebeugten Schultern hing, und machte sich daran, die übriggebliebenen Fliegen wortlos zu entfernen und seinen Kunden den neuesten amerikanischen Haarschnitt zu verpassen.

Sein Stammlokal war den Bomben zum Opfer gefallen, und sein Ober hatte sich einen anderen Friseur gesucht, aus modischen und politischen Gründen. Meinleo blieb abends zu Hause, was auch am Rückgang seiner privaten Einkünfte lag. Wenn er das eine oder andere Mal in den Damensalon hinüberging, um ein Shampoon zu holen für einen Kunden, oder auch nur, weil ihm die Zeit lang wurde, dann fand er jetzt manchmal Frau

Franziska vor der Ladenkasse sitzend, deren Geldfach sie eilig zuschob, sobald sie seinen schlurfenden Schritt hörte. Sie begann dann ein eifriges Hantieren, ließ das Lehrmädchen fegen, wo bereits gefegt war, ordnete Flaschen und Dosen und war viel zu beschäftigt, als daß sie mit Meinleo eine Unterhaltung hätte führen können. Er zog sich wieder zurück, stand eine Weile vor der Haustür, sah die Straße rauf und runter, sein schlechtes Aushängeschild für einen Herrensalon in einer ruhigen Seitenstraße: Sein Haar war voll und weiß, nur über der Stirn hatte es sich gelichtet, er hatte sich einen Schnurrbart stehen lassen, allen Zeitidolen zum Trotz. Diesem Bart ließ er besondere Pflege angedeihen, er beschnitt ihn, bürstete ihn, und nachts gab er ihm mit einer Schnurrbartbinde die gewünschte, altmodische Fasson. Er hatte einen Schnurrbartkomplex, nicht einmal Franziska wußte, welchen Urgründen seiner Seele dieser Schnurrbart entsproß.

Als die Zeiten – gerade das Friseurhandwerk ist ja von den Zeiten so abhängig – besser wurden, kamen die Vertreter mit ihren neuen Präparaten und Apparaten und ließen Muster und Rezepte zurück. Nach Ladenschluß machten sich die beiden ans Werk. Der Salon wurde zur Versuchsküche: Meinleo färbte Franziska das Haar, das anfing grau zu werden, tizianrot und mahagonifarben und heliotrop, wie es die Gebrauchsanweisung angab. An manchem Morgen mußte Frau Franziska ihr Haar unter einem dichten Netz verbergen – welche Frau würde da nicht laut! Er konnte zwar nicht jeden neuen Haarschnitt an ihr ausprobieren, aber doch die Wirkungsweise der vielgepriesenen Kaltwelle zum Beispiel, und aufs Toupieren verstand sich wohl kein Friseur so gut wie Meinleo. Am liebsten hätte er im Damensalon gearbeitet, das war von jeher sein Wunsch gewesen, fünfzig Berufsjahre lang. Aber er verstand sich nicht so gut aufs Wünschen wie Frau Franziska. Natürlich war sie auch eifersüchtig und wollte nicht, daß er das Haar anderer Frauen durch seine Finger gleiten ließ und daß seine Hände an einem jüngeren Ohr verweilten: Der Damensalon blieb ihm tagsüber verschlossen.

Die jungen Leute des Viertels gingen nicht zu Meinleo, aber die älteren kamen noch immer. Männer, die glaubten, daß ein Haarschnitt dasselbe sei wie Haareschneiden, die nichts weiter wollten als einen sauberen Nacken und jemanden, der ihnen die zu langen Augenbrauen stutzte und die Haare im Ohr diskret entfernte, und weder etwas von einem James-Dean-Schnitt noch von einem Yul-Brynner-Look je gehört hatten. Das aber waren Kunden, die sich nicht an die neuen Preise gewöhnen konnten. Sie meinten, Meinleo sei noch derselbe, Schere und Stuhl seien dieselben, und die Haare seien sogar weniger geworden, dafür brauche man doch wohl nicht mehr zu zahlen als früher?

Auch darüber gab es abends manche Auseinandersetzung. Meinleo mußte zwei Haarschnitte machen, um soviel einzunehmen, wie Frau Franziska anordnete. Also gab er nur die Hälfte der Kunden an, und da sie oft, wenn nichts zu tun war, heimlich den Hauseingang beobachtete und zählte, wie viele Kunden zu ihm kamen, nahm sie an, daß er nicht richtig abrechnete. Das verbitterte sie.

Sie ahnte nicht, daß auch er die neuen Preise nicht zu fordern wagte. Die Frauen, die zu ihr kamen, wollten nichts wissen von Öl- oder Eigelbwäsche und von Festiger, und was ein ›modisches Flair‹ war, hätte sie ihnen nicht einmal erklären können. Sie wollten das Haar mit dem Fön getrocknet und hinten eingeschlagen haben. Das bringt natürlich auch nichts ein.

Die Vertreter jener modischen Präparate und Apparate, von denen sie abends im ›Figaro‹ lasen, kamen bald nicht mehr in den altmodischen Salon. In den Regalen verstaubten die letzten Fläschchen Kölnisch Wasser, ein paar Dosen Creme, und in den Schubladen gerieten Schildpattkämme, Haarnadeln, Spangen und Lockenwickler in Unordnung.

Es war nur eine Frage der Zeit, wie lange sie den Salon noch halten konnten. Frau Franziska fand ihren Leo recht tapprig auf den Beinen, aber die Hände waren noch ruhig, und nur darauf kam es bei einem Friseur an. Meinleo seinerseits hielt seine Chefin – er hatte nicht aufgehört, sie als solche anzusehen – ebenfalls für recht alt geworden. Vor allem sah sie nicht mehr gut, und seitdem sah sie auch nicht mehr gut aus. Sie wurde schlampig, nicht zuerst um den Kopf wie andere Frauen, sondern um die Beine. Die Füße taten ihr oft weh, sie hätte Einlagen tragen sollen, statt dessen behielt sie die Schlappen auch im Geschäft an und trug dicke Wollstrümpfe. Vom Knie an abwärts war sie eine alte Frau und gab es auch zu.

Sie schwiegen hartnäckig über die Frage, was werden sollte, wenn sie den Laden nicht mehr halten konnten. So lange, bis diese Frage vom Hauswirt gestellt und auch beantwortet wurde. Er teilte ihnen mit, daß er die Ladenräume im Zuge der Modernisierung des Häuserblocks neu gestalten müsse und sie bereits an eine Schnellreinigung vermietet habe und er sie bitten müsse, sich nach etwas Geeigneterem umzusehen. Er schrieb »Geeigneterem«, und was ist denn für zwei alte Leute geeigneter als ein Altersheim?

Was den Frisiersalon anging, war Frau Franziska noch selbständig wie früher, aber wenn es um anderes ging, schickte sie Meinleo vor, von dem sie annahm, daß er über mehr Welterfahrung verfügte als sie. Bei solchen Anlässen sprach sie lautstark von jenen zwanzig Jahren, die er außer Landes verbracht hätte. Eines Morgens hing im rechten Schaufenster zwischen Nivea und Chlorodont das Schild

VORÜBERGEHEND GESCHLOSSEN

und Meinleo machte sich auf den ersten der vielen Wege, die er nun zu gehen hatte. Die Schwierigkeiten wären noch größer gewesen, hätte nicht die Heimleitung einen Vorteil erkannt: mit den beiden würde sich das schwierige Problem des Haarewaschens und -schneidens der übrigen Heimbewohner lösen lassen. Man erkundigte sich nach dem Gesundheitszustand seiner Frau, und da erst wurde ihm klar, was alle Welt erfahren mußte, sobald er die geforderten Familienpapiere vorlegen würde: sie waren nicht verehelicht, sie würden ihren Lebensabend nicht miteinander verbringen dürfen! Diese Tatsache mußte er Franziska nach seiner Rückkehr und nach Ladenschluß beibringen, und wieder hörten die Nachbarn nur das laute »Meinleo« und nicht das leise »mein Leo«, das sie flüsterte, als er sie fragte, ob sie denn überhaupt seine Frau werden wollte. – Und als sie das war, als sie ein letztes Mal und diesmal beide Salons

WEGEN FAMILIENFEIERLICHKEITEN
GESCHLOSSEN

ließen, da hörte Frau Franziska auf, von »Meinleo« zu reden, da sagte sie »mein Mann«. Als dann der Möbelwagen kam, um ihre Habseligkeiten in das Zimmer im Altersheim zu transportieren, da erschien der Hauswirt persönlich, um den beiden Glück zu wünschen. Er bestand darauf, daß man diesen Augenblick im Bilde festhalten müsse, eigenhändig fotografierte er den alten Laden und die alten Leute; er holte einen Stuhl für Frau Franziska, die nicht wollte, daß man sah, wieviel kleiner ihr Mann war als sie. Als sie dann saß, legte sie die Hände in den Schoß, ein für allemal, und überließ ab sofort alles ihrem Mann. Meinleo war an so viel Verantwortung nicht gewöhnt, und so kamen in dem Altersheim zwei recht alte Leute an, die zwar in einem Koffer Scheren und Brennscheren, Trockenspiritus und zwei Frisiermäntel mitge' racht hatten, aber welcher alte Mann hätte sich unter das Messer eines anderen alten Mannes gewagt?

In einer Kiste hatte Frau Franziska die beiden Schaufensterpuppen verpackt: die eine rothaarig, die andere blond; beide Köpfe fanden auf einem Schrank ihren Platz, und nachmittags, wenn Frau Franziska sich hingelegt hatte, holte ihr Mann sie herunter und frisierte die beiden nach der neuesten Mode. Er sah dabei zufrieden aus, so daß man annehmen konnte, daß das Leben auch seine Wünsche erfüllt hatte.

Ein Fest für die Augen

Bittschön ich habe nichts dagegen aber: bin ich so einer der was aus seinem Leben gemacht hat und noch macht? Briefe ohne Datum und ohne Angabe des Orts, kein Komma, aber er setzt Punkte, läßt Zwischenraum. Was ihm wichtig ist, schreibt er größer als Unwichtiges. Weder Bleistiftskizzen noch Radierungen, noch Ölbilder tragen eine Jahreszahl. Was er schreibt oder zeichnet, ist nicht an den Tag gebunden.

1949 kam er ins Rheinland. In Düsseldorf beobachtete er, wie der Schaffner einen Betrunkenen am Kragen packte und ihn unsanft aus der Straßenbahn stieß. Er kam nach Köln, fuhr mit der Straßenbahn, wieder lehnte ein Betrunkener neben der Tür, die Schaffnerin fragt: Jung, mußte kotzen? Der Mann nickt, sie klingelt, die Bahn hält, der Mann steigt aus. Nachdem er sich erleichtert hat, fragt sie: Biste fertig, Jung, dann komm! Der Mann steigt wieder ein, die Schaffnerin klingelt, die Straßenbahn fährt weiter.

Zehn Jahre später baut sich Adam L. in Köln ein Haus am Rande der Stadt, wo schon die Weiden beginnen. Ein Kölner aus Böhmen.

Auch die Heiligen Drei Könige kamen aus dem Osten. Was wäre das Heilige Köln ohne seine Drei Heiligen Könige? Ein Dorf in Nordböhmen, auf keinem Atlas zu finden, der Ortsname tschechisch. Sein Vater war dort Lehrer, ein begabter Zeichner und Erzähler, ein Freund Kubins. Die Mutter eine Bauerntochter. Die Familien waren seßhaft, hatten Besitz. Als eine Zigeunerin wegen Kindsmords angeklagt wurde, fuhr die Großmutter in die Stadt und sagte vor Gericht zugunsten der Zigeunerin aus: Sie war nicht schwanger. Die Zigeuner dankten es der Familie; sie bringen dem Jungen Igelbraten, machen Zinken an die Gartentür, daß keiner dort stiehlt und keiner dort bettelt. Sie haben dem Jungen drei Worte in der Zigeunersprache beigebracht, er hat sie nie vergessen, er benutzt sie wie Zauberworte; was sie bedeuten, weiß er nicht, aber wenn er sie sagt, spielen die Zigeunerkapellen für ihn eines ihrer Lieder. Am 13. Juli 1945 wurde die Familie aus der Heimat vertrieben, jeder nahm mit, was er an zwei Armen tragen konnte.

Im wiederaufgebauten Köln fühlt er sich weniger wohl als in der Ruinenstadt der Nachkriegszeit. Er gehört jener Trümmergeneration an, der man beigebracht hat, im Marschtritt zu gehen, und ›wenn alles in Scherben fällt‹ zu singen. 1942 macht er ein Notabitur, das ihn zur Teilnahme an den drei letzten Kriegsjahren berechtigt. Keine Feldzüge mehr, nur noch Rückzug. Monte Cassino, später dann Ungarn. *Ich werfe nicht gern etwas weg.* Soviel zum Krieg. Er setzt voraus, daß man die fehlenden Teile seiner Sätze versteht.

Zwei Jahre war's mit den Aufträgen Stille Messe. Jetzt kommt wieder alles auf einmal. Ich muß das Wintergefecht zu Ende führen die Frühjahrsoffensive einleiten die Sommerschlacht vorbereiten. Moltke sagte: Die Fehler im Aufmarsch sind nie wieder gut zu machen und Thomas Mann sagte: Ohne Organisation ist nichts möglich am allerwenigsten Kunst. Im Sommer 1945 legt er eine Mappe mit seinen Arbeiten an der Akademie für das graphische Gewerbe in Leipzig vor. Professoren, die zwölf Jahre lang Mal- und Lehrverbot gehabt hatten. Er kommt in die Meisterklasse, er ist einundzwanzig Jahre alt. Von klein auf: Ich werde ein Maler.

Gegen drei Uhr nachmittags sucht er eine Eisdiele auf, setzt sich immer auf denselben Stuhl an denselben Tisch, trinkt einen Kaffee, bestellt sich eine Zigarre, liest eine Zeitung, macht aus der Eisdiele ein österreichisches Kaffeehaus. Der Besitzer, ein Italiener, setzt sich zu ihm und erzählt ihm eine seiner traurigen Geschichten. Manchmal spendiert er dem Maler eine Zigarre und läßt ihn erzählen, eine zigarrenlange Geschichte. Wenn sie gut war, spendiert er auch noch einen Grappa. Gewohnheiten und Eigenarten, keine Allüren. Abends geht er wieder hin, wieder auf eine Zigarrenlänge, trinkt sein Kölsch, ein Bier, das den Fremden schal schmeckt, aber er ist kein Fremder. Er hört Beat-Musik aus der Musikbox, manchmal trinkt er noch einen Klaren, geht nach Hause und zeichnet. Er ist ein schlechter Verbraucher, braucht nicht, was andere brauchen. Sein Tonbandgerät ist fast so alt wie das Rundfunkgerät. *Die Maschine läuft noch unter Dampf.* Er schaltet es ein, sobald er arbeiten will. Musik schirmt ihn gegen andere störende Geräusche ab. Zwischen Skizzenblättern, Zeichenblocks und Radiergerät, Schachteln mit Tabak, Carnigen-Dragees, Korodin, Dosierung nach ärztlicher Vorschrift. An der Wand die Kartons für Glasfenster, eins zu eins, im Auftrag.

Er war ein Einzelkind, er ist ein Einzelgänger geworden. Die Eltern haben ihn bis heute nicht aus dem Kindschaftsverhältnis entlassen, halten sich mühsam auf dem Elternpodest aufrecht, der Vater sagt: Mein Sohn! Die Mutter sagt: Unser Sohn. Sie sind stolz auf ihn, aber er ist achtundvierzig. Keiner, der sich in Szene setzt, keiner, der mit Galeristen und Museumsleuten umgehen könnte. Er bleibt auch gegenüber den Freunden für sich, öffnet die Tür immer nur einen Spalt. *Es ist so daß ich oft wenn ich mal spazierengehe wenn ich im Zug sitze – denke – diesem und jenem herrlichen Menschen mußt du – sagen wir – einen herrlichen Brief schreiben. Nun stecke ich in der Mitte in einem Chaos von Wörtern auf vielen Blättern Papier. Es ist schwer das zu Ende zu bringen denn ich bin umzingelt von Pflichten. Die Pflichten mit denen man Geld verdient die treusorgende der Kindespflicht und da habe ich ja auch einen Garten. Ach einen Garten! Die Gedanken daran sind schon wieder eine Möglichkeit diesen Brief nicht zu Ende zu bringen. Was müßte ich alles darüber schreiben und auch über den Nachbarn zur Linken und den Nachbarn zur Rechten und über eine Nymphe deren ich nicht habhaft werden konnte. Eine Nymphe von Aussehn als hätte sie Lukas Cranach entworfen unter der Aufsicht von Stephan Lochner. Im herbflachsblonden Haar eine lavendelviolettfarbene Schleife. Welche aber trotzdem und immer noch des Nachts in regelmäßig wiederkehrenden Träumen durch die Büsche der Lonicera und des Philadelphus virginalis in meinen Garten tritt. Hier meine ich die Nymphe und nicht die Schleife. Mein Garten! Bald fängt's darin an zu brausen und jäten werde ich müssen und aller 8 Tage 350 qm Rasen mähen. So ist halt das Leben.*

Bittschön verzeihen Sie meine liederliche Schrift es ist nämlich während des Schreibens ein wenig Rotwein meine Kehle hinuntergeflossen. Jeder Schluck ein kleiner See! Verzeihen Sie bitte halt einem liederlichen Menschen. Zur Zeit arbeite ich an einem 12 m langen Relief zur Verherrlichung der Töpferkunst in der Stadt. Die Worte Chaos, Garten, Nymphe, Relief sind doppelt groß geschrieben. Jeder Brief eine Graphik. Seine Frau müßte sich mit dem zweiten Platz begnügen, er würde sie mit seiner Arbeit betrügen, sie müßte gute und schlechte Jahre hinnehmen, sie bekäme die achtzigjährigen Eltern mit in die Ehe. Er hat keine Zeit, nach einer solchen Frau zu suchen. In guten Jahren verdient er über zwanzigtausend im Jahr, in schlechten unter zehntausend.

Vernissage. Festlicher Empfang der Preisträger mit Sekt und Fernsehen in der Villa Hügel. Adam L. fährt mit der Bahn nach Essen, nimmt dort den Bus, geht das letzte Stück zu Fuß. Der Park liegt dunkel da, es regnet, er sucht vergebens nach einem Fußweg, die Herren des Komitees und die geladenen Gäste fahren in ihren prächtigen Autos an ihm vorüber, bespritzen ihn mit Dreck, drängen ihn in den Graben, aber sie fahren zur Villa Hügel, um die Arbeiten eines gewissen Adam L. zu betrachten. Der steht am Straßenrand, läßt sie vorbeifahren, lacht und trifft viel zu spät sein. Preise, ein Reisestipendium in den Vorderen Orient, seither die Minaretts und Zwiebeltürme auf seinen Bildern. Der große Durchbruch erfolgt nicht, er ist kein Erfolgsmensch, er lebt *bescheiden und frei.* In zehn Jahren hat er einmal acht Tage lang Ferien im Burgenland gemacht, am Neusiedler See, nahe der ungarischen Grenze. *Ich ging bis an die Grenze;* was er sagt, hat hinter der ersten immer noch eine zweite Bedeutung. Er kommt mit wenig Erlebnissen aus, die Reizschwelle liegt niedrig. Er gab jenen Ferientagen die Farben seiner Hemden, jeder Tag trug eine andere Farbe und ein anderes Hemd, *um schön zu sein vor der Natur.*

Heute habe ich angestrengt gearbeitet. Ärgerlich dabei war es daß ich nachdem ich 11 Apostel fein säuberlich gezeichnet hatte feststellen mußte daß da nach dem Evangelium nur drei hingehören. Also morgen brauche ich nur 3 zu zeichnen.

Odysseus war ein Illyrer, und die Illyrer saßen auch in Böhmen. Odysseus erscheint ihm im Traum, *wenn Sie etwas zu trinken haben was das Reden anregt, kann man auch etwas von mir erfahren,* und Odysseus malt ihm ein Schiff, und der Rumpf des Schiffes ist ein Pferdeleib und oben am Mast der Pferdekopf. Archaische Träume, archaische Bildthemen. Schiff und Pferd, Baum und Fisch. Eine Welt ohne Menschen, aber keine Scheu vor Heiligen und Engeln. Die Josephsgeschichte in Glasbildern für eine Kirche am Niederrhein; Kreuzwegstationen; ein Turmhahn in Kupfer; ein Kirchenportal aus Aluminium; ein Kruzifix aus Elfenbein; ornamentale Wandmalerei; Keramikreliefs. Auftragsarbeiten für Autobahnraststätten und Friedhofskapellen. Das nicht selbstgewählte Thema reizt ihn ebenso wie das unvertraute Material. Er experimentiert, aber er stellt keine Materialbilder her. Das Material ist ein eingebauter Widerstand zwischen

Künstler und Kunstwerk. *Ich vergnüge mich mit den Geschichten von Marcel Aymé. Wie der tolldreiste Aymé so nah beim tolldreisten Balzac und der tolldreiste Balzac in der Nähe vom tolldreisten Rabelais steht. Halt die Franzosen. Da haben halt alle Generationen an einer Brücke gebaut: Der Delacroix sagt: Ein Bild muß zu allererst ein Fest für die Augen sein.*

Eine Radierung des Adam L. wurde für eine Ausstellung im Louvre ausgewählt; im Kuratorium saßen Picasso und Cocteau. Max Ernst entdeckte in einer Ausstellung eine Zeichnung und kaufte sie für das Museum of Modern Arts in New York. Adam L. erhielt einen Scheck der Chase Manhattan Bank, legte ihn hinter Glas, hängte ihn an die Wand und löste ihn dann eines Tages ein, als er Geld brauchte. *Es war halt ein Jahr mit ein bißl viel Arbeit mit ein bißl viel Ärger mit ein bißl wenig Honorar mit ein bißl weniger Zeit. Aber das nächste Jahr wird gewiß ein herrliches werden!*

Er erzählt wie ein Maler, er malt wie ein Erzähler. Die Kritiker sagen: Paul Klee, andere: Feininger, wieder andere: Friedländer, auch Leger. Stadtansichten, als wäre Wuppertal ein Vorort von Paris. Steinbrüche, Baustellen. Poesie der Industrielandschaft. Nie ein Rot, nie ein Orange, aber Blau, Grün, Braun, ein mattes Gelb. *Im Apfelbaum vorm Fenster hängt ein alter Meisenkasten. In der Dämmerung kommen immer 4 Zaunkönige in meinen Garten um in ihm zu übernachten. Ich habe eine Herberge für Zaunkönige in meinem Garten. Bittschön – wär das ein Titel für eine Geschichte oder für ein Gasthaus ›Die Herberge zu den vier Zaunkönigen‹?*

Die Lärche ist sein Baum, er wächst hoch über sein Dach, ein Nadelbaum, der die Jahreszeiten einhält. Die Eule ist sein Vogel. Mit dem Zimmermannsstift gezeichnet, mit der Kaltnadel geätzt, in Öl gemalt, die Eule, der Nachtkauz.

In jedem Jahr schickt er seinen Freunden zum Weihnachtsfest eine Radierung. Maria, Joseph und das Kind in der Garageneinfahrt unter Hochhäusern, zwischen den Häusern trocknen die Windeln auf der Leine; Joseph spielt für Maria und das Kind ein Lied auf seiner Ziehharmonika: die Heiligen Drei Könige thronen hoch auf dem Rücken eines Elefanten und spähen mit dem Fernrohr nach dem Stern über Bethlehem aus; ein Kätzchen spielt zu Füßen der Maria, die neben Joseph unter den prallen Trauben eines Weinstocks sitzt. In einem anderen Jahr saß Maria allein mit ihrem Kind an einer hohen Küste und blickte übers Meer. Was war los mit Adam L.? Das war nach jenen Zigeunertagen an der ungarischen Grenze. Alljährlich reisen die Zigeuner nach St. Marie-de-la Mère in der Camargue, wo die Zigeunermaria an Land gegangen ist. Odysseus – Maria. Im folgenden Jahr stand *das Josephchen* wieder an seinem Platz.

Jetzt hat man ihn aufgefordert, sich um einen Lehrauftrag an einer Akademie zu bewerben. Sein Lebenslauf fällt kurz aus: geboren in Böhmen, lebt in Köln. Die Liste der Ausstellungen ist lang, die Mappe mit den Fotografien seiner Keramiken, den Glasfenstern und Reliefs, der Originalgraphik ist umfangreich. *Das Überleben begann bei mir schon beizeiten: Zwei meiner Geschwister starben kurz nach der Geburt da sagte die Hebamme als ich im Anmarsch war zu meiner Mutter: Wenn man bei der Geburt gelobt also wenn es ein Junge ist daß er Adam hintendran getauft wird und bei einem Mädchen Eva so bleiben die am Leben. So kam der Adam hintendran. Vielleicht schreiben Sie Adam L. das stimmt auch und keiner weiß Bescheid. Bittschön: aber bin ich denn so einer der was aus seinem Leben gemacht hat und noch macht?*

Alles geht gut!

Abd el Karim, zu deutsch ›Gottesdiener‹, ein anspruchsvoller, auch ein unhandlicher Name, darum nennen ihn alle ›Karim‹, im allgemeinen ruft man ihn, ein Rufname: Karim.

Er arbeitet als erster Ober in einem Ausflugslokal. Er besitzt jene Schönheit, die den Männern am Mittelmeer eigen ist; nichts ist übermäßig an ihm, weder Größe noch Gewicht. Im Hautpigment eine Spur Oliv; das kräftige, dunkle Haar lockt sich, die Augen sind groß, braun, ohne Tiefe, die Zähne kräftig und sehr weiß, ein fleischiges, ebenmäßiges Gesicht, tadellos rasiert; im Laufe der Nacht machen die blauschwarzen Schatten des kräftigen Bartwuchses das Gesicht männlicher. Der Haarschnitt ist tadellos wie der Smoking. Seine Bewegungen sind geschmeidig, er arbeitet rasch, aber nicht hastig.

Wenn er mit akrobatischer Geschicklichkeit zwanzig Suppentassen aufeinandertürmt, zieht er die Aufmerksamkeit der Gäste auf sich. Sie kennen ihn, loben ihn, klatschen Beifall. Er assistiert dem Küchenchef, der die Eisbombe flambiert, so elegant, daß die Herren die Szene filmen. Er deckt die Festtafel, sorgt für Blumen- und Kerzenschmuck, er hat Sinn für Dekoration. Wenn eine Hochzeit oder ein Jubiläum in dem historischen Gasthof gefeiert werden sollen, besteht der Gastgeber darauf, daß Karim die Bedienung übernimmt. Sein Akzent wirkt nicht störend, gibt dem mittelalterlichen Haus exotischen Reiz. Wenn er einer Dame in den Pelz geholfen hat, erkundigt er sich besorgt, ob er sie auch nicht ›strubbelig‹ gemacht habe. Bei einigen Gästen bewirkt das Wort ›strubbelig‹ eine Erhöhung des Trinkgeldes.

Karim trinkt nicht; nicht im Dienst und nicht zu Hause. Er ist Mohammedaner, er stammt aus Jordanien. Der Koran untersagt den Alkoholgenuß. Die anderen Ober und Serviererinnen trinken oft viel im Lauf der Nacht, besonders wenn sie bei privaten Festlichkeiten bedienen, wo niemand das Verschwinden halbvoller Flaschen bemerkt. Karim bleibt nüchtern, das macht ihn überlegen; gegenüber den Gästen, gegenüber den Kollegen. Diese Überlegenheit wird von Höflichkeit verdeckt. Seine Oberfläche ist Anpassung. Sein Stolz sitzt tiefer, mischt sich mit ein wenig Verachtung. Liebenswürdigkeit liegt ihm wie ein Chitinpanzer eng an, macht ihn unverletzbar, läßt alles abprallen. Dort, wo er herstammt, hat Stolz sich immer verbergen müssen.

Abd el Karim wurde 1937 in Haifa geboren. Nach Haifa

sehnt er sich zurück, dort ist vereint, was die Erde schön macht: Berge und Ebene, ein Fluß, der ins Meer mündet. Aber dort leben heute die Israeli, dorthin kann er nicht zurückkehren, solange er Jordanier ist. Als er elf Jahre alt war, wurde seine Familie ausgesiedelt, in Haifa war sein Vater noch Elektroingenieur, besaß ein Haus, einen Garten und zehn Kinder. In Nablus, nördlich von Jerusalem, im Bergland von Samaria, eröffnete er ein Caféhaus – Nablus, mit biblischem Namen Sichem, mit römischem Namen Nepolis. Dort wuchs er auf. Er und alle Geschwister, soweit sie männlichen Geschlechts waren, erhielten eine gute Schulbildung. Ein Bruder wurde Arzt, einer Schriftsteller. Er rühmt dieses Nablus: zwischen sieben Hügeln gelegen! Die Touristen kommen von weither, um die römischen Ruinen und die Schönheit der modernen Stadt zu sehen. Dort ist keine Wüste, von Wüste will er nichts hören, es ist fruchtbares Land, und das Klima ist gut, warm und trocken. Alles ist gut, sagt er, alles geht gut; damit wehrt er Fragen ab.

Die Stadt hat 25 000 Einwohner, so steht es im Lexikon, er sagt 250 000. Verspricht er sich? Übertreibt er morgenländisch? Gewiß nicht mit Absicht, er wirkt glaubwürdig in dem, was er sagt, aber er sagt wohl nicht alles.

Jordanien erlangte 1928 seine Unabhängigkeit von der britischen Mandatsaufsicht; ein Königreich, das seit 1953 von König Hussein regiert wird. Die geflüchteten Palästinenser sind in Jordanien nicht gern gesehen – wo sind sie gern gesehen? Als Abiturient nahm Karim an politischen Demonstrationen teil. Er wurde zu drei Monaten Gefängnis verurteilt und floh nach Syrien. Die Grenzen sind nah. Er fand eine Anstellung als Laborassistent in einer amerikanischen Ölfirma. Zehn Jahre lang durfte er nicht nach Jordanien zurückkehren. Als König Hussein 1962 eine Amnestie erließ, hatte Karim die arabische Welt bereits verlassen. Er ist kein Anhänger Husseins, er wünscht Freiheit für sein Land, Demokratie. Aber Jordanien kann nur zwischen Diktatur und Kommunismus wählen, das weiß er. Hussein ist besser als Kommunismus, sagt er, er haßt die Kommunisten, und er haßt die Zionisten. Gegen die Juden hat er nichts, sagt er. In Jordanien herrscht Glaubensfreiheit, neunzig Prozent der Bevölkerung hängt dem Islam an, zehn Prozent dem Christentum. Juden gibt es nicht in diesem Lande, dessen Geschichte man im Alten Testament nachlesen kann. Kanaäer, Hebräer, Philister, Ammoniter, Moabiter, Israeliten, Makkabäer, Römer, Türken, Engländer –

dazwischen die große Zeitenwende, Änderung des Kalenders, das Jahr Null. Für Karim fällt das Jahr Null auf den Tag der Flucht des Propheten Mohammed von Mekka nach Medina, am 15. Juli 622 n. Chr., nach unserem, dem Gregorianischen Kalender.

Im Jahre 1959 n. Chr. reiste Karim mit der Absicht, dort Zahnmedizin zu studieren, in die Bundesrepublik Deutschland. Die Bundesrepublik hat gute Resonanz in Jordanien, sagt er, es ist ein freies Land, es bietet viele Möglichkeiten. Keine Feindschaft zu Jordanien! Sein Land hat viele Feinde.

Englisch sprach und schrieb er bereits, das hatte er in Nablus gelernt; in einer Sprachschule lernt er jetzt rasch Deutsch. Er schreibt es heute fehlerfrei, aber er spricht es noch immer ein wenig nachlässig; läßt Endungen weg, vertauscht die Artikel, verwechselt Mehrzahl und Einzahl. Er weiß das, manchmal verbessert er sich: So muß es heißen, Akkusativ! Er verfügt über Intelligenz, aber er wendet sie diskret und mit Charme an, wie es einem Oberkellner zukommt.

Kaum hat er die Universität bezogen, lernt er – noch im ersten Semester – in einem Restaurant eine Serviererin kennen, verliebt sich in sie und heiratet sie. Die Ersparnisse waren für seine Ausbildung gedacht, nicht für den Unterhalt einer Familie. Er bricht das Studium ab und geht als Arbeiter in eine Gießerei – ein Job, wie er sagt. Seine Denkweise ist amerikanisch. Wieder verdient er gut. Er ist willig, fleißig, geschickt und beherrscht die Sprache: er gewinnt Vorsprung. Wieder macht er Ersparnisse.

Seine Frau kommt aus dem Gaststättengewerbe, er selbst hat als Junge schon im Caféhaus seines Vaters in Nablus geholfen, der Gedanke liegt nahe, daß er sich selbständig macht. Er eröffnet in Köln ein orientalisches Restaurant, nennt es ›ABD EL KARIM‹, Diener Gottes, er bedient seine Gäste, sie fühlen sich als seine Gäste, er ist ein Gastgeber mit ursprünglichem Talent. Orientalische Teppiche an den Wänden, orientalische Beleuchtung, die Speisekarte arabisch-deutsch. Er kocht selbst, beschränkt sich auf wenige Spezialitäten. ›Kabab‹ steht auf der Karte, ›Gankies-Kahn-Spieß‹, ein scharfgewürztes Gericht aus Auberginen und Reis; eine Reihe von Arrak-Getränken, warm oder kalt. Seine Frau arbeitet mit im Restaurant. Sie ist blond und hübsch, eine Rheinländerin mit Temperament, lustig ist sie auch, sie setzt sich gern zu den Gästen, trinkt mit ihnen, lacht mit ihnen, tut vieles, was die Frau eines Orientalen nicht tun darf. Eine Frau gehört ins Haus, sagt er mit Nachdruck. Sie hat ihn mit anderen Männern betrogen, sagt er.

Sie haben zwei Kinder, Fatima und Ahmed. Die Ehe war in Amman nach mohammedanischem Recht geschlossen worden; mit der Geburt wurden die Kinder Mohammedaner, wie ihr Vater. Der Koran, das Heilige Buch des Islam, in dem die Offenbarungen des Propheten aufgezeichnet stehen, regelt das private und das öffentliche Leben. Karim trägt eine dünne goldene Kette um den Hals, daran hängt ein kleines Buch mit Sprüchen aus dem Koran. Keine Mao-Bibel kann ihm etwas anhaben. Allah hat neunundneunzig Namen, sagt er, aber es ist nur ein Gott, und Mohammed ist sein Prophet! Jesus Christus war der Sohn der Maria, nicht Gottes Sohn! Seine Antworten kommen rasch; man hört die Ausrufungszeichen, nichts scheint ihm fraglich.

Seine Ehe wird geschieden. Die Kinder gehören dem Vater, so steht es im Koran. Er bringt sie nach Amman, der Hauptstadt Jordaniens, wo seine alten Eltern leben, ›ABD EL KARIM‹ wird geschlossen. Der große Bankrott. Er sucht und findet einen neuen, einträglichen Job.

Seine Frau lebt bei ihrer Mutter in Köln, aber noch gibt sie nicht auf; sie versucht, den Mann zurückzugewinnen, mit allen Mitteln, ihn und die Kinder. Sie bringt ihn dazu, daß er sie mit nach Jordanien nimmt, als er nach zwei Jahren Kinder und Eltern besuchen will. Alles geht gut! Sie nehmen die Kinder mit zurück nach Deutschland. Inzwischen hat er sich zum ersten Ober in jenem historischen Gasthof emporgearbeitet. Sein Chef ist mit ihm zufrieden, gute Ober sind selten. Karim arbeitet für vier, der Chef hilft, wo er kann. Monatelang lebt Karim mit seiner Familie in dem Gasthof, beansprucht vier der ohnedies nicht zahlreichen Hotelbetten. Es scheint für einen Ausländer unmöglich, eine Wohnung zu finden, wenn er zwei kleine arabisch sprechende Kinder hat. Aber es gerät. Er holt die wenigen Möbel aus Köln und arbeitet für die Neuanschaffung einer Einrichtung, auch für ein Auto, alles geht gut, aber er kann nicht auch noch auf seine Frau aufpassen. Eines Tages ist sie verschwunden, mitsamt den Koffern und der Tochter Fatima: zurück ins Rheinland. Karim holt sich seine Tochter zurück, bringt sie zusammen mit Ahmed wieder nach Jordanien; inzwischen haben die Kinder Deutsch gelernt und Arabisch vergessen. In Köln wird derweil sein drittes Kind geboren. Es sieht ihm ähnlich wie keines der anderen, ein Junge, aber Karim erklärt mit der Unbarmherzigkeit eines Mannes, der betrogen wurde: Es ist nicht mein Sohn, ich habe ihn lediglich als einer der Liebhaber der Frau gezeugt. Das Kind erhält einen deutschen Vornamen und den Familiennamen der Mutter. Er zahlt keine Alimente. Auf Fatima und Ahmed hat seine Frau, die er »die Frau« nennt, schriftlich verzichtet.

Seine Eltern sind alt geworden, für zwei Kinder können sie nicht sorgen. Wieder fährt Karim nach Jordanien und holt Fatima nach Deutschland. Der Sohn lebt heute noch in Jordanien. Fatima ist jetzt zehn Jahre alt, sie besucht eine deutsche Schule, ist eine gute Schülerin. Der Vater spricht manchmal arabisch mit ihr, schreiben kann sie es nicht, in den Sommerferien wird sie es in Amman lernen. Er liest ihr aus dem Koran vor. Eine Frau, die er stundenweise bezahlt, kümmert sich um das Kind, während er arbeitet.

Er lebt jetzt mehr als zwölf Jahre in unserem Land. Er fühlt sich als Deutscher, sagt er, die Bundesrepublik besitzt seine Sympathie, mehr als Jordanien. Alle seine Bekannten sind Deutsche, zu anderen Jordaniern unterhält er keine Beziehungen. Die Lebensart der Deutschen sagt ihm zu, hier kann man es zu etwas bringen, wenn man fleißig ist, sagt er. Er ist entschlossen, die deutsche Staatsangehörigkeit zu erwerben, der Antrag läuft bereits seit mehreren Monaten, ein Rechtsanwalt vertritt seine Belange. Gute Führung, Straffreiheit, guter Leumund, zehn Jahre ununterbrochener Aufenthalt, das alles kann er nachweisen. Der neue Paß wird ihn vermutlich fünfhundert Mark kosten. Sobald er ihn in der Tasche hat, wird er nach Haifa fliegen, um seine Heimat wiederzusehen. Hätten die Israeli sie nicht okkupiert, sagt er, würde er nicht Deutscher werden, Palästina steht an erster Stelle, aber an zweiter die Bundesrepublik.

George Washington verfügte in seinem Abschiedsbrief: »Da ihr durch Geburt oder Wahl Bürger eines gemeinsamen Landes seid, hat dieses Land ein Recht, eure Neigung für sich zu beanspruchen.« Karim erfüllt diese Bedingung, er hat sich jenen Staat ausgesucht, in dem er unter den günstigsten Bedingungen leben und vorwärtskommen kann.

In seinen Träumen wird arabisch gesprochen, wenn ihn der Traum in die Kindheit zurückführt, aber deutsch, wenn der Traum sich in der Gegenwart abspielt. Wenn es rasch gehen muß, schreibt und rechnet er arabisch, die Gäste nehmen sich die Rechnungen als Souvenir mit. Er schreibt von rechts nach links oder von links nach rechts, wie es gerade nützlicher ist. Er sieht keine Schwierigkeiten darin, ein Deutscher zu werden, er wird sich an das Bonner Grundgesetz halten und weiterhin nach dem Koran leben.

Karim verdient sechzehnhundert Mark im Monat, Essen und Getränke frei, dazu die Trinkgelder. Kein Monat unter zweitausend Mark netto. Manchmal arbeitet er von morgens neun bis nachts um drei, ohne Pause. Er ist gesund. Er arbeitet gern, er verdient gern. Der Chef gibt ihm frei, wenn nicht viel zu tun ist. Das Verhältnis zwischen den beiden ist freundschaftlich, fast paritätisch, einer verläßt sich auf den anderen. Karim rechnet damit, daß er eines Tages den alten berühmten Gasthof übernehmen kann; sein Chef wird ihn aus Altersgründen bald aufgeben.

Wenn er sich in seinen italienischen Sportwagen setzt, sieht er aus wie ein Playboy aus Rom: weißer Seidenpullover, farbiger Blazer. Er gedenkt, demnächst den Flugschein zu erwerben, vielleicht wird er sich eines Tages eine kleine Sportmaschine anschaffen. Alles geht gut, wenn alles gut geht.

Er wohnt in einem Hochhaus, seine Wohnung ist eingerichtet wie die Wohnungen rings um ihn: Polstergarnitur, Farbfernsehgerät, Tiefkühltruhe, Waschmaschine. Abendländische Zivilisation und darüber ein Hauch Morgenland: Orientteppiche an den Wänden und Sprüche aus dem Koran. Es fehlt an nichts. Nur an einer neuen Frau. Jede, die ihn kennenlernt, möchte ihn heiraten, er ist ein gutaussehender, temperamentvoller Mann, besitzt eine große Wohnung und ein Auto. Gleich sind alle bereit, mit ihm ins Bett zu gehen, sagt er. Sie tun, was er von ihnen erwartet, und er nimmt es ihnen übel. Sie halten diesen für den einzigen Weg, aber er nicht. Wer mit ihm ins Bett geht, geht auch mit anderen, sie haben alle keine Moral, sagt er, sie wollen immer nur Freiheit! Sie wollen nicht für Fatima sorgen, sie wollen nicht allein zu Hause bleiben, wenn er arbeitet.

Eine zweite Ehe würde wieder nach mohammedanischem Recht geschlossen werden müssen, auch wenn er dann bereits deutscher Staatsbürger sein wird. Ansprüche und Bedingungen: Abends gehört die Frau in die Wohnung!

Der historische Gasthof nahe der Autobahn wird auch in Zukunft keine orientalischen Speisen führen, denn der Pächter wird ein Deutscher sein. Wir werden ihn in Zukunft mit ›Herr K.‹ anreden und nicht mehr ›Karim‹ rufen.

Das Ereignis fand in aller Stille statt

Jutta P. war zwanzig Jahre alt, als sie, im November 1944, heiratete. Nach der Verwundung war der Mann, in den sie sich ein Jahr zuvor verliebt hatte, einer Genesendenkompanie zugeteilt worden. Bevor er an die Front zurückkommandiert wurde, bekam er drei Wochen Urlaub, Flitterwochen, die sie tags in einem schlechtgeheizten Pensionszimmer und nachts in einem nahegelegenen Luftschutzbunker verbrachten. Acht Wochen später fiel ihr Mann. Der Brief, in dem sie ihm mitgeteilt hatte, daß sie ein Kind erwartete, kam mit einem entsprechenden Vermerk zurück. Laut Standesamtsregister war sie zehn Wochen verheiratet gewesen; seitdem gilt sie als Witwe. Aber sie war nicht lange genug verheiratet, um verwitwen zu können, sie wendet das Wort ›Witwe‹ nicht für sich an.

Der Krieg ging zu Ende, ihr Kind wurde geboren. Die Schwiegermutter gab den Anstoß, daß Jutta P. studieren sollte, am besten dasselbe Fach wie der Sohn, Rechtswissenschaft. Die Schwiegertochter sollte das Leben ihres Mannes übernehmen und weiterführen, bis dann ihr eigener Sohn . . . Sie selbst nur als Zwischenglied.

Jutta P. wählte andere Fächer, studierte Psychologie und Soziologie. Sie sagte damals: ›Ich studiere den Frieden. Man muß lernen, friedlich miteinander auszukommen, von klein auf.‹ Sie legte den Sohn in eine Basttasche und nahm ihn mit ins Kolleg. ›Das wird ein kluger Junge werden‹, sagte sie, ›er nimmt Sigmund Freud und C. G. Jung mit der Muttermilch auf.‹ Sie stillte ihn im Seminar in einem Nebenraum der Bibliothek, dort wurde er auch gewindelt. Ein Seminarkind, ein kleines Versuchsobjekt für die Studenten der Psychologie; männliche und weibliche Kriegsteilnehmer. Warum schreit er jetzt? Wogegen protestiert er? Bei schönem Wetter stand sein Kinderwagen im Schatten eines Kastanienbaumes neben der alten Villa, in der das Seminar untergebracht war. Ein Kriegswaisenkind, ein kleiner Rentenempfänger. Kriegshinterbliebene alle beide: Mutter und Sohn.

Sie sagte: Ich habe mich immer mehr wie eine ledige Mutter gefühlt. Hans ist aufgewachsen wie ein vaterloses Kind. Er hat zu der Fotografie seines Vaters nie ›Papa‹ gesagt, sondern ›Soldat‹, ein Foto des Vaters in Leutnantsuniform, das sie weggeräumt hatte, als die Amerikaner die Stadt besetzten, und das sie später nicht wieder aufstellte. Der Sohn hängte es, als er fünfzehn Jahre alt war, in seinem Zimmer an die Wand, ersetzte es später durch ein Foto Fidel Castros.

Die Schwierigkeiten wuchsen mit dem Kind um die Wette. Es wurde zu groß, um in der Basttasche ins Kolleg mitgenommen zu werden. Die Großeltern sagten: Gib uns das Kind, wir ziehen es auf, als Vermächtnis. Aber Jutta P. wollte kein Vermächtnis aufziehen. Sie wollte ihr Kind so lange wie möglich bei sich behalten, sie studierte Psychologie. Von da an arbeitete sie zu Hause in ihrem möbilierten Zimmer. Ein Fernstudium, das von Kommilitonen und Professoren gefördert wurde. Das Seminarkind bekam Studentenspeisung, man legte ihm oft ein Geschenk in sein Körbchen, später ins Laufgitter, später in seine Schultasche.

Dann beendete Jutta P. das Studium, besaß ein Diplom und einen fünfjährigen Sohn. Die früheren fünfziger Jahre. Schlechte Zeiten für Mutter und Kind, wenn man eine Anstellung suchte. Sie haben ja Ihre Rente! hieß es. Sie haben ja das Kind! ›Und das Kind bekommt ebenfalls eine Rente!‹ entgegnete sie und versuchte es an andrer Stelle. Das Nötigste besaßen sie immer. Viel hatten sie nicht nötig, seit jener Zeit weiß sie, wie wenig man wirklich nötig hat.

Mit sechs Jahren konnte Hans den Ofen heizen, einkaufen und seine Schularbeiten ohne Hilfe machen. Sonntags brachte er seiner Mutter das Frühstück ans Bett. Er war ein Schlüsselkind, aber ein Waisenkind war er nie. Er blieb noch lange das Seminarkind, dort hatte er seine Tanten, dort gab es mehr solcher alleingebliebener Frauen, Witwen, Bräute, Freundinnen. Wenn jemand Jutta P. bedauern wollte, wehrte sie ab. ›Er ist tot!‹ sagte sie. ›Ich lebe. Ich lebe für zwei, alles hat sich nur verdoppelt!‹

Sie sagt auch: ›Ich hätte einmal mit ihm damals durch die Stadt gehen müssen, ein einziges Mal Hand in Hand. Es hat mich nie jemand mit ihm gesehen.‹ Sie zögert jedesmal, bevor sie ›mein Mann‹ sagt. ›Er wird immer unglaubwürdiger, als hätte ich ihn mir erfunden. Seine Eltern haben mir ein paar Fotos von ihm abgetreten, als Zweijähriger, als Abc-Schütze mit der Schultüte, als Konfirmand und als Abiturient. Ein Hochzeitsbild gibt es nicht, nur dieses Leutnantsbild, dieses Jungengesicht. Ich werde älter, und er wird nicht mit mir älter. Ich konnte doch nicht das Bild eines Zweiundzwanzigjährigen an die Wand hängen, ich mit meinen dreißig, dann vierzig

Jahren, und behaupten: Das hier ist mein Mann.‹

Seit einigen Jahren leitet Jutta P. eine Ehe- und Familienberatungsstelle. Sie trägt keinen Ring. Auf ihrem Schreibtisch steht ein Bild des Sohnes. Er sieht seinem Vater sehr ähnlich; so ähnlich, wie das nur möglich ist bei gleichaltrigen jungen Männern der Jahrgänge 1922 und 1945.

Sie hört aufmerksam zu, wenn jemand mit seinen Nöten zu ihr kommt, sie weiß oft Rat. ›Ich bin zur Expertin für Eheprobleme geworden‹, sagt sie. ›Dazu braucht man nicht selbst eine Ehe zu führen. Die eigenen Eheerfahrungen würden mich vermutlich zu Fehlurteilen verleiten, ich würde Rückschlüsse aus meiner eigenen Ehe ziehen. Ein Friedensstifter‹, sagt sie und lächelt. ›Was weiß ich? Hätten er und ich miteinander leben können? Hätten wir eine gute Ehe geführt? Lebenslänglich?‹

Vor kurzem hat sie ihre silberne Hochzeit gefeiert. ›Das Ereignis fand in aller Stille statt‹, sagt sie. Spott ohne Bitterkeit. ›Mein Mann hat Anspruch darauf, daß wenigstens ich die Gedenktage einhalte. Seine Eltern sind tot, Hans kennt unser Hochzeitsdatum nicht. Warum sollte ich ihn mit Hochzeits- und Todestagen belasten? Er hält sich an die Geschichtszahlen, die er gelernt hat. Ausbruch des Zweiten Weltkriegs. Ende des Zweiten Weltkriegs, Daten, die wichtiger für sein Leben waren.‹

Man hat nie gehört, daß sie gesagt hätte: Als dein Vater so alt war wie du, war er Kompaniechef! War er bereits verwundet! Hatte er drei Orden! War er tot! Das Leben des Vaters ließ keine Vergleiche zu. Auf einer gemeinsamen Reise nach Paris besuchten die beiden den deutschen Soldatenfriedhof im Elsaß, auf dem der Vater beigesetzt worden war, ein Grab unter vielen, in Reih und Glied. Als sie den Friedhof wieder verließen und zum Wagen gingen, sagte der Sohn: ›Ich bin älter als mein Vater!‹ Er hatte die Geburts- und Sterbedaten auf dem Stein gelesen.

Kürzlich wurde ihr Sohn zur Bundeswehr eingezogen. Sie hat ihn mit dem Auto zur Kaserne gebracht. Zum ersten Mal tat sie etwas gegen seinen ausdrücklichen Willen und ohne dafür eine Erklärung abzugeben. Sie blieb im Auto sitzen. Er ging durchs Kasernentor, drehte sich nicht um, winkte nicht. Jutta P. lieferte ihren Sohn dort ab, wo sie seinen Vater im Dezember 1944 ebenfalls abgeliefert hatte. Dasselbe Tor. Dieselbe Kaserne, nur neu verputzt und neu benannt. Nicht mehr Hermann-Göring-Kaserne, sondern Stauffenberg-Kaserne. Sie denkt darüber nach, ob sie ihren Sohn zum Kriegsdienstverweigerer hätte erziehen sollen. Sie hat ihn eigentlich nie erzogen, sie hat mit ihm gelebt. Dann klopft jemand an die Scheibe, fragt, ob ihr nicht gut sei. Sie winkt ab, dreht den Zündschlüssel, gibt Gas und fährt in ihre Dienststelle, um Frieden zu stiften.

»Wir wollen einen anderen Lehrer!«

Ein Mann der Mitte, ein radikaler Demokrat, falls es das gäbe. Nach dem Linksruck, der mit dem Regierungswechsel 1969 erfolgte, hätte er bei der nächsten Bundestagswahl vermutlich die christlichen Demokraten gewählt; aber Horst G. wird an der nächsten Bundestagswahl nicht teilnehmen. Sein Vater starb früh, darum konnte er nicht Bauingenieur werden, sondern mußte die günstigeren Ausbildungsbedingungen des Lehrers wahrnehmen. Er wurde ein Beamter. Seine Großeltern waren noch Bauern gewesen. In den fünfziger Jahren erbte er ein paar Äcker und das Drittel einer Feldscheune. Er ließ sich seine Anteile auszahlen, das gab dann einen neuen Sessel oder einen Teppich. Ich gehe über meinen Acker, sagte er; er war ein heiterer Mann.

Redlich, rechtschaffen, beliebt bei den Schülern, den Eltern, auch bei den jüngeren Kollegen. Er ging im Rollkragenpullover in die Schule, wirkte darin aber eher elegant. Tadellos rasiert, sorgfältig vorbereitet, auch für eine dritte oder vierte Klasse. Jede Unterrichtsstunde ausgearbeitet mit seiner sorgfältigen Schrift. Ganze Stöße schwarzer Kladden, liniert oder kleinkariert. Im Lauf der Jahre war er auch ein wenig pedantisch geworden.

In seinen Ferien fotografierte er mittelalterliche Burganlagen und Stadtbefestigungen, Rathäuser, den Limes. Er beschaffte sich eigenes Anschauungsmaterial und zeigte seine eigenen Bilder im Unterricht.

Eine Mittelpunktschule, in der sich aus mehreren Dörfern sammelt, was den Sprung zum Gymnasium und zur Realschule nicht geschafft hat. Gefördert wird auch in den Dörfern jeder, ermöglicht wird der Besuch einer weiterführenden Schule jedem, es bleibt kein Befähigter zurück. Für die Lehrer bedeutet diese Auslese einen stark geminderten Unterrichtserfolg, da stellt sich dann oft die Frage nach dem Lohn der Mühe. Die Schüler der höheren Lehranstalten denken sich andere Schwierigkeiten und Schikanen aus als die Schüler einer ländlichen Mittelpunktschule, wo der Widerstand dumpfer ist, wo die meisten nicht einmal äußern können, was ihnen nicht paßt. Der Lehrer G. sagt: Gut, wenn ihr keine Lust habt, etwas zu lernen, ich gehe jetzt ins Lehrerzimmer. Wenn ihr weiterunterrichtet werden wollt, wißt ihr, wo ich zu finden bin. Versuche, mit den Schülern fertig zu werden. Richtige oder unrichtige, das weiß er selbst nicht. Er glaubt nach wie vor, daß ein Pädagoge ein Erzieher sei, der sowohl zu unterrichten als auch zu erziehen habe. Er läßt nicht alles durchgehen, aber die Erziehungshilfen, die ihm zur Verfügung stehen, sind gering und erweisen sich zumeist als wirkungslos. Strafarbeiten? Nachsitzen? Das sind verpönte Maßnahmen. Eintragung ins Klassenbuch? Was soll das nutzen? Benachrichtigung der Eltern? Die Eltern werden selbst nicht mit den Kindern fertig. Zum Rektor schicken? In der Regel unterbleibt die Strafe, und damit straft ein Lehrer sich selbst. Ärger und Kränkung gehen nach innen, wenn sie sich nicht gegen den kehren können, der sie auslöst.

Der Lehrer Horst G. macht seinem Ärger nicht im Lehrerzimmer Luft, auch nicht, wenn er abends beim Bier im Gasthaus sitzt, zusammen mit Arzt, Bürgermeister, Apotheker, Sparkassenleiter. Er tut das ab in einem einzigen Satz: Man kann heute ja nicht mehr unterrichten, und spült den Ärger hinunter, die wollen ja gar nichts lernen.

Er unterrichtet an einer modernen Schule, die alles bietet, was Lehrer und Schüler sich nur wünschen können. Sie liegt am Rand des kleinen dörflichen Städtchens, aus jedem der großen Fenster blickt man über Felder bis zum nahen Wald. Moderne physikalische Versuchsräume, Koch-Wasch-Bügelanlagen für die Mädchen, eine Turnhalle mit allen nur wünschenswerten Geräten, Duschräume, Filmvorführgeräte. Horst G. hat Lehrgänge besucht, um auch die neunte Klasse unterrichten zu können, er nimmt seinen Beruf ernst. Er hat Fachprüfungen für den Geschichts- und Erdkundeunterricht abgelegt, monatelang fuhr er viermal wöchentlich an den Nachmittagen hundert Kilometer zur nächsten Universität, um sich weiterzubilden. Im vergangenen Sommer verbrachte er seine Ferien noch einmal auf Korsika, im Haus jenes Weinbauern, bei dem er nach dem Krieg gearbeitet hatte. Er hielt es als Kriegsgefangener in Marseille hinter Stacheldraht nicht aus, darum hatte er sich verpflichtet, als Landarbeiter in Frankreich zu bleiben, für Jahre. ›Monsieur Orste‹ nannten sie den Deutschen; im nächsten Sommer wollte jener korsische Weinbauer zum ersten Mal zu Besuch nach Deutschland kommen.

Horst G. ist ein sportlicher Mann. Wenn in dem neuen geheizten Schwimmbad ein Bademeister fehlt, übernimmt er unentgeltlich den Posten während seiner Ferien. Ein Lehrer tut alles ehrenamtlich und unentgeltlich. Er verwaltet die Gemeindebücherei, leitet das Volksbildungswerk, und da er technisch begabt ist und einen Wagen fährt, ist er besonders geeignet, auch in den Nachbardörfern Kulturfilme vorzuführen. Volkszählungen. Er leitet den Ortsverband der Kriegsgräberfürsorge; als ihm ein Geschäftsmann sagt, dafür gebe ich nichts, ich habe niemanden auf den Soldatenfriedhöfen liegen, entgegnet er: Dann gib das Doppelte! Für alles, was mit Volks- und mit Gemeinde- beginnt, ist er zuständig, er ist ein Beamter, über einen Beamten kann man verfügen. Wie aber soll er allen Anforderungen genügen, er ist nicht schnell, er ist eher langsam und gründlich, Improvisation ist nicht seine Sache. Wer ihn kennt, spürt, daß er nervös ist, beim Autofahren merkt man es und daran, daß er unruhig umhergeht, während des Unterrichts, aber auch zu Hause.

Als er an einem Dienstagmorgen das Klassenzimmer der 8b betritt, steht an der Wandtafel: ›Wir wollen einen anderen Lehrer‹. Er äußert sich nicht dazu, geht hin und wischt den Satz weg. Einer der Schüler hat es später seiner Mutter erzählt. Horst G. spricht zu keinem darüber, sagt es auch nicht seiner Frau, kein Wort. Hast du Ärger gehabt, was ist? fragt sie. Nichts, es ist nichts. Er schaltet den Fernsehapparat ein, geht wieder an den Schreibtisch, sieht ein paar Minuten das Fernsehprogramm an, erstes, zweites, drittes Programm – aber so verhält er sich oft. Sie trinken noch eine Flasche Wein und gehen dann zu Bett. Nachts friert seine Frau und schaltet das Heizkissen ein. Davon wird er wach, sagt: Du brauchst doch kein Heizkissen, und nimmt sie in den Arm. Sie schlafen zusammen weiter, einträchtig, eine gute Ehe. Er wollte nie eigene Kinder haben, es gab so viele Kinder, mit denen er sich abgeben mußte, für deren Erziehung und Unterrichtung er sich zuständig fühlte. Morgens um sieben, es war noch dunkel, stand er auf. Ich turne ein wenig, sagt er, laß dich nicht stören, schlaf weiter! Sie schläft weiter, wird wach, es ist neun Uhr, und er ist nicht da.

Er liegt auf dem Fußboden des großen Wohnzimmers, die Fenster sind weit geöffnet. Er sieht aus, als ob er schliefe, aber seine Frau weiß: Er ist tot. Kein Anzeichen von Krankheit. Keine Vorwarnung. Der Arzt betrachtet nochmals und eingehend das Elektrokardiogramm, das er vorsorglich wenige Monate zuvor gemacht hat; er sagt, ich begreife es nicht.

Seine Frau begreift es nicht, der Pfarrer auch nicht, der am Grab dieses rechtschaffenen und tüchtigen Lehrers spricht, der Rektor nicht, zu dessen Kollegium er fast fünfundzwanzig Jahre gehörte, der Bürgermeister nicht. Ein Abgeordneter nach dem anderen tritt ans Grab und sagt, daß er es nicht begreife und daß es unfaßlich sei, und auch die Schulkinder treten ans Grab. Aus allen Klassen, die er unterrichtet hat, tritt ein Schüler vor und sagt seinen Satz, legt einen Kranz hin und ordnet die Schleife, damit es alle lesen können: Ihrem Lehrer Horst G. von der dankbaren 8b.

Die Schüler erhalten schulfrei. Das Kollegium sorgt für die große Kaffeetafel in der Schule; an die hundert Gäste nehmen daran teil, es gibt drei Sorten Kuchen. Man blickt durch die großen Fenster ins Freie, lobt die Aussicht und die moderne Schule, man sagt, schade, daß er darin nun nicht mehr unterrichten kann, er hätte nur noch fünf Jahre gehabt, dann wäre er in den Genuß der Pension gekommen, seine Witwe ist wenigstens versorgt.

Pläne für sein Alter hat er nie gemacht, aber manchmal spielte er den alten Lehrer G., dann ging er gebeugt, schleppte die Füße nach, stützte sich auf einen nichtvorhandenen Stock, wackelte mit dem Kopf und sprach mit zittriger Stimme. Nie ein alter Mann, den hat er immer nur gespielt. Er trug seine Lebensdaten mit sich herum; von Anfang an muß er einer gewesen sein, der sechzig Jahre alt werden wird und keinen Monat älter. Wir haben das alle nicht wahrgenommen. Wenn er sich in einer Schaufensterscheibe spiegelte, zog er manchmal den Hut, sagte: Ein höflicher angenehmer Mensch, dieser Lehrer G., und winkte ihm zu. Alle haben wir heitere Erinnerungen an ihn.

Die Schülerinnen der 8b gießen den Kaffee ein, wohlerzogene ordentliche Kinder, fast schon junge Mädchen. Man kann es nicht fassen, sagen die Trauergäste, er war doch immer gesund, er war doch eigentlich immer guter Dinge! Weder der Rektor der Schule noch der Pfarrer, noch der Bürgermeister haben aus seiner Beerdigung eine Lehrstunde gemacht. Keiner hat auch nur einen einzigen Satz gesagt, aus dem die Schüler dieser Schule etwas hätten lernen können. Wohl gar fürs Leben.

Die Beerdigung fand an einem Freitag statt; am Montag hatte die 8b noch keinen anderen Lehrer, aber irgendwann wird die Planstelle des Lehrers Horst G. wieder besetzt werden.

Mein Vater: der Pfarrer

Am zweiten Weihnachtstag des Jahres 1921 taufte der Pfarrer Carl Gottfried E. in der Kirche eines kleinen Waldeckschen Dorfes ein Kind. Weil es das Christfest war, taufte man es auf den Namen Christine. Der Winter war kalt, die Kirche ohne Heizung; dem Täufling stand ein Rauchfähnlein vorm Mund. Es wurden wenig Kinder in jenem Winter geboren, man sah das später deutlich, als der Jahrgang eingeschult wurde. Die Kinder hatten auf einer einzigen Schulbank Platz, eine Zwergschule, einklassig. Der Pfarrer predigte über ein Wort aus dem Matthäusevangelium (Kap. 18, Vers 5): »Wer ein solches Kind aufnimmt in meinem Namen, der nimmt mich auf.« Er nahm den Predigttext als Taufspruch für das Kind.

Der Pfarrer war nicht mehr jung. Am Weltkrieg, der damals noch kein Zahlwort trug, hatte er nicht aktiv teilgenommen, sondern passiv. Er hatte die Trauergottesdienste gehalten und die Todesbotschaften in die Häuser gebracht. Seine Gemeinde horchte auf den Spruch, den er einem Kind mit auf den Lebensweg gab, einem Brautpaar mit in die Ehe, dem Toten mit ins Grab. Sie nahm den Spruch als Losungswort.

Ein solches Kind war ich. Die Leute im Dorf haben das nicht vergessen, sie erinnern mich daran, wenn ich zurückkehre. Unser alter Pastor, sagen sie.

Dieser Pastor war mein Vater. Nicht Pfarrer: Pastor. Hirte. Er trug einen graumelierten Bart, war viel zu alt für so ein kleines Kind, ein Mittfünfziger bei meiner Geburt, hoch über mir, 1 Meter 80 oder mehr. Ich mußte anklopfen, wenn ich ihn zum Essen rufen sollte. Patriarchalische Verhältnisse im Pfarrhaus. Autorität. Aber: Der Vater klopfte ebenfalls an die Tür des Kinderzimmers, bevor er eintrat. Ein Erwachsener ist in seine Arbeit vertieft, ein Kind in sein Spiel. Respekt wurde erwartet. Respekt verdient auch ein Kind. Bei Tisch: Kinder reden nur, wenn sie gefragt werden! Das Kind sagt: Fragt mich bitte mal was! Der Vater zur Mutter: Laß das Kind reden! Gleiches Recht.

Dieser Pfarrer, der mein Vater war, wurde als Sohn des Lehrers geboren, in demselben Dorf. Man hat mir Ohrläppchen gezeigt, die schlecht angewachsen waren, nachdem er sie halb abgerissen hatte im Zorn. Aber: Wer bei dem Lehrer Heinrich E. in die Schule gegangen war – und vierzig Jahrgänge waren es –, der konnte einen Brief aufsetzen, dessen Handschrift war wie gestochen, der konnte bis ins hohe Alter die wichtigsten Choräle auswendig, der deklamierte Schillers »Glocke«, ohne zu stocken, der konnte kopfrechnen, der konnte auch singen. Er sprach platt mit ihnen, wenn er zufrieden war, hochdeutsch, wenn er zornig war. Höcher, Henner, höcher! pflegte er in der Gesangsstunde zu sagen, das sagt man im Dorf noch heute. Er züchtigte die Schulkinder und gewiß auch die eigenen. Der älteste Sohn, der mein Vater wurde, schlug nie, nicht seine Konfirmanden, auch nicht die Gymnasiasten, denen er im Weltkrieg Latein- und Religionsunterricht erteilte, auch nicht die Schulkinder, als er zwölf Jahre lang Kreisschulaufseher war, nicht die eigenen Töchter. Er verließ sich auf die Überzeugungskraft seiner Worte, seines Beispiels.

Mit zehn Jahren verließ er sein Heimatdorf, kam auf ein Alumnat, studierte dann Theologie, wurde Einjähriger, dann Vikar, dann Prinzenerzieher im fürstlichen Schloß. Fürstin-Mama fuhr später oft mit der Kutsche am Pfarrhaus vor, und wir knicksten ehrerbietig. Keine Rede davon, daß man auf gleicher Stufe stünde, nicht einmal der Tod macht alle gleich, für die fürstliche Familie ein Erbbegräbnis. So habe ich es gelernt. Wenn ich in das Residenzschloß gehe, das heute von den Erbprinzen bewohnt wird, um es Freunden zu zeigen, bin ich befangen und lache darüber, halte mit Filzpantoffeln den Waldeckschen Stern blank.

Als mein Vater dreißig Jahre alt war und schon andernorts ein Pfarramt versehen hatte, schickte ihn seine Kirchenbehörde in das Dorf zurück. Nun nicht mehr der Carl, der älteste Sohn des Lehrers, sondern der Pastor, der Diener Gottes. Das Du hörte auf, das schien ihm notwendig. Die Leute im Dorf gewöhnten sich daran. Er hörte auf, platt mit ihnen zu sprechen, verlernte es sogar, sprach ein Hochdeutsch ohne jeden mundartlichen Anklang. Der Talar trennte ihn ebenfalls. Kein Vorname mehr, auch kein Familienname mehr, nur noch Titel, nur noch Amt. Der Herr Pastor.

Drei Dörfer gehörten zum Kirchspiel. Ein Berg trennte das Kirchdorf von den Filialdörfern; er fuhr mit dem Fahrrad über die Landstraße, ging den Fußweg über den Berg. Zwei Gottesdienste an jedem Sonntag, einmal im Monat ein dritter in dem kleinsten Dorf, um den Alten den mühsamen Weg über den Berg zu ersparen. Seine Spaziergänge machte er erst, wenn es dämmerte, wenn kein Bauer mehr auf dem Feld arbeitete. Solange noch jemand in Stellmacherei oder Schmiede hämmerte, setzte er sich nicht in den Garten. Er lebte in seinem Studierzimmer in freiwilliger Absonderung.

Pfarrer sein, das hieß für ihn, ein Predigtamt zu haben, seiner Gemeinde Gottes Wort zu verkünden. Das an erster Stelle. In den frühen Morgenstunden des Freitag suchte er nach dem Textwort, in der darauffolgenden Nacht wurde die Predigt fertig; jede handschriftlich ausgearbeitet, auf kleinen, sparsam beschnittenen Zetteln, in einer zierlichen, leserlichen Handschrift. Nie griff er auf eine alte Predigt zurück. Zweiundfünfzig Sonntage im Jahr, dazu Feiertage, Karfreitag, Himmelfahrt und Buß- und Bettag, sechzig Predigten im Jahr, von 1890–1934, mehr als zweitausendsechshundert Predigten, alle in Schubladen aufbewahrt und dann im Zweiten Weltkrieg verbrannt. Er war zunächst ein liberaler Christ des ausgehenden 19. Jahrhunderts gewesen. Am Ende seiner langen Amtszeit wurde er ein Anhänger der Bekennenden Kirche. Er hat mit den theologischen Studien nicht aufgehört, in seinem Nachlaß fanden sich die frühen Bücher Karl Barths, Paul Tillichs, Rudolf Bultmanns; sie waren sorgfältig durchgearbeitet und mit Randbemerkungen versehen. Ferien und Urlaub waren fremde Worte für ihn. Er war der Ansicht, daß ein Pfarrer seine Gemeinde nicht verlassen dürfe. Anspruch auf Anwesenheit. Die Leute im Dorf kannten Ferien ebenfalls nicht, er gehörte zu ihnen. Als er sich bei Glatteis das Bein gebrochen hatte, trugen ihn einige Männer im Korbstuhl in die Kirche, er predigte im Sitzen, vom Altar aus.

Am Sonnabend lernte er seine Predigt auswendig. Sein Konzept war mit Lineal und Farbstift rot und grün unterstrichen, forte und fortissimo. Er mußte die Bauern wachhalten, die müde wurden, sobald sie zum Sitzen kamen. Er lernte laut, er lernte im Gehen, er folgte dem Rosenmuster seines Teppichs, bis die Rosen verschwunden waren, er ging im Oval, nicht auf und ab. Der Lebensweg meines Vaters. Wir hörten seine Stimme, wenn wir wach wurden und wenn wir einschliefen. Manchmal schwoll sie zu Donner an, dann klopfte meine Mutter an seine Tür: Carl! Die Kinder!

Von Freitag früh bis zum Gottesdienst am Sonntag herrschte unbedingte Stille im Pfarrhaus. Vater macht die Predigt! Er verlor das Kanzelfieber nie. Kein Frühstück am Sonntag, nicht einmal einen Schluck Kaffee. Er wurde erst ruhig, wenn der Höhepunkt der Predigt erreicht war. Beim Mittagessen war er erleichtert und entspannt, heiter, gesprächig.

Er predigte, er taufte, er konfirmierte, er segnete die Brautpaare ein. Er hielt auf Tugend. Eine Braut, die schwanger war, traute er nicht in Kranz und Schleier. Er brachte den Sterbenden das Abendmahl, er beerdigte die Toten. Das waren seine Amtspflichten. Aber er ging selten ins Dorf. Seine Besuche bei Kindtaufen und Hochzeitsfeiern währten nur kurz. Die sozialen Aufgaben übernahm die Pfarrfrau. Sie wußte, wo jemand krank lag, sie versorgte die Verletzten; einen Arzt gab es nicht. Sie besuchte die Alten. Sie war der verlängerte Arm des Pfarrers, sie, die Ortsfremde, schwarzhaarig unter den Blonden, die Großstädterin. Sie veranstaltete Gemeindeabende, führte Regie, wenn Turnverein und Jungmädchenbund Theater spielten, leitete den Frauenverein, gab Kurse in Säuglingspflege. Für alles Soziale war die Pfarrfrau zuständig.

Der Pfarrer, der mein Vater war, ging ungern aus dem Haus. Er war scheu. Er fühlte sich sicherer in seinem Studierzimmer. Bücherwände, Kachelofen, hochstämmige Rosen und Bienenhaus. Idylle. Die Männer, die zu ihm kamen, um die Pacht für das Kirchenland zu zahlen oder um Stundung zu bitten, zogen im Flur die Schuhe aus, stiegen in Strümpfen die Treppe hinauf, gingen den Flur entlang; ans äußerste Ende des Hauses hatte er sich verzogen. Abstand. Er setzte sich mit seinem Amt gleich, er war das Amt. Er gehörte zu seiner Gemeinde, aber er stand über uns. Das mag auch an der Kanzel überm Altar gelegen haben, zu der eine hohe Treppe führte. Eine alte Kirche, die Innenausstattung barock. Wir blickten zu ihm auf. Vertrauen, nicht Vertraulichkeit. Ehrfurcht, aber nicht Furcht. Aber auch Fälle, wo es hieß: Darüber kann man mit dem Herrn Pastor nicht reden. Über vieles ließ er nicht mit sich reden.

1934, im Herbst, ließ die Gemeinde ihren Pfarrer ziehen. Ungern, aber erleichtert. Er paßte nicht mehr in das Dorf, in dem ein paar junge Erbhofbauern, Mitglieder der SS-Reiterstandarte, nun den Ton angaben; sie versuchten, den alten Pastor zu ihrem »fördernden Mitglied« zu machen, sie wollten seine Stimme, die ihnen recht gab, er gab sie nicht, gab seine Stimme für nichts. Man nahm ihm das Amt des Kirchenrates; eines Nachts fand eine Hausdurchsuchung statt.

Sie wollten sicher vor ihm sein, und sie wollten ihn in Sicherheit wissen, beides. Der Kirchenvorstand stellte sich nicht hinter ihn, erst recht nicht vor ihn. Er mußte gehen. Er war gehorsam gegenüber der Kirchenbehörde, gegenüber jeglicher Obrigkeit. Sein Widerspruch ging nach innen, nicht nach außen. Er litt. Er wurde leidend. »Wenn Erziehung und Ermahnung irgend etwas fruchteten, wie könnte dann Senecas Zögling ein Nero sein.« Das Dorf, in dem mein Großvater vier Jahrzehnte als Lehrer gewirkt hatte, in dem mein Vater mehr als drei Jahrzehnte Pfarrer gewesen war, geriet unter den Einfluß einiger SS-Männer.

Er kehrte nie mehr in sein Dorf zurück, obwohl es nur fünfzig Kilometer von seinem späteren Wohnort entfernt lag. Er hat nie wieder eine Kanzel betreten. Er ist wenige Jahre später gestorben. Es war sein Wunsch, in der Heimat begraben zu werden. Es war Krieg, eisiger Dezember. Die SS-Männer standen als Soldaten an den Fronten. Alte Männer trugen den Sarg aus der Kirche bis zum Friedhof am Waldrand. Dort liegt er zwischen denen, die er getauft und konfirmiert und begraben hat. Auf seinem Grabstein stehen der Name und die Lebensdaten. Nicht Titel und nicht Amt, so hat er es gewünscht. Er ist heimgekehrt in das Dorf, in dem er geboren wurde. Vor seinen Gott tritt er nicht als Pfarrer. Er war demütig und ein wenig einsam. »Psalm 119,76« steht unter seinem Namen. »Deine Gnade müsse mein Trost sein, wie du deinem Knecht zugesagt hast.« Die Gemeinde nahm ein zweites Mal von ihrem Pastor Abschied. Die Tränen galten nicht nur ihm. Es gab vieles, das zum Weinen war.

In den letzten Lebensjahren hat er seine Erinnerungen niedergeschrieben. Fünfzig Seiten über den Kirchenstreit zwischen Deutschen Christen und Bekennender Kirche, dreißig Seiten über die Theologen, die seine Lehrer waren, zwanzig Seiten über den Kirchenvorstand. Was er über die eigenen Kinder zu sagen hatte, ging auf fünf Seiten.

Manchmal durfte ich auf seinem Fuß sitzen, und er ließ mich wippen, manchmal sang er Bellman-Lieder, Lieder von Heinrich Heine.

»In meinem Elternhaus hingen keine Gainsboroughs«, es war wie im Pfarrhaus, in dem Gottfried Benn aufwuchs, aber bei uns wurde Chopin gespielt. Gab es Schwierigkeiten in der Schule, erkundigte er sich: Kannst du dem Unterricht nicht folgen? Wenn deine Begabung nicht ausreicht, dann mußt du das Gymnasium verlassen. Fehlt es dir aber an Fleiß, dann hat es keinen Zweck, dann wird nichts aus dir. Er erwartete Einsicht. Die Folgen des Tuns oder Nichttuns wurden den Kindern deutlich gemacht. Alles hat seine Ursache und seine Folgen. Keine Strafe, keine Strafandrohung. Keine Nachhilfe. Du kannst oder du kannst nicht. Er behandelte seine Töchter wie zwar kleine, aber doch zurechnungsfähige Erwachsene, nur eben noch unerfahren, man mußte ihnen einiges erklären, aber sie waren voll verantwortlich.

Der Vater, der Pfarrer, Gott Vater, Lieber Vater, Unser Vater, der du bist im Himmel, das war eine Einheit, das mußte nicht unterschieden werden, alle waren sie zuständig für mich, allen war ich verantwortlich, ich gehörte ihnen, sie sahen, was ich tat. Erst viel später trennten sie sich voneinander, aber ich habe meinen Vater nie völlig von dem Pfarrer, der er war, trennen können. Er blieb der Mittler und Fürsprecher; erst recht, seit er tot ist. Da ist vieles unkontrolliert und unkritisch. So soll es bleiben.

Er steht nicht mehr über mir, er steht am Rande meines Lebens, Beobachter und Kritiker meines Tuns. Ich weiß, was ihm mißfällt. Er ist mir von Jahr zu Jahr näher gerückt, ich erkenne den Antrieb seines Lebens: zu predigen, was er glaubte; zu leben, was er predigte. Noch einige Jahre, dann bin ich so alt, wie er war, als ich geboren wurde. Etwas wie Gleichaltrigkeit und Partnerschaft entsteht.

Der Satz »Die Kunst darf alles und muß nichts« kann für mich nicht gelten: Ich stehe unter Kontrolle. Die Kontrollaufgabe hat dieses Dorf, das ich mein Dorf nenne und in dem mein Vater Pfarrer war, übernommen. Nichts tun, nichts schreiben, was in den Augen dieser Menschen falsch oder unrecht ist. Sie sind unbestechlich in ihrem Urteil. Da gilt nicht Ansehen und nicht Erfolg. Sie sind bereit anzuerkennen, was ihnen unverständlich ist, nicht weil es von mir kommt, sondern weil ich die Tochter ihres Pastors bin. Sie erheben Anspruch auf mich, ich bin eine der ihren, sie sagen du zu mir. Sie haben ein Recht auf mich, ich erkenne sie als Gericht an.

Dieses Dorf ist mein Nährboden, dort ist mir Urvertrauen zugewachsen, das nur ein anderes Wort ist für Gottvertrauen.

Nachwort

Schon immer wollte ich ein Buch über Deutschland schreiben, ein freundliches, kein negatives, ein gelegentlich ironisches und tropfenweise bitteres, aber im Grundton herzliches, gelegentlich sogar zärtliches Buch. Längst weiß ich schon den Titel (»Das Land der Deutschen mit der Seele suchend«), und sehr oft war ich nah dran am Anfangen, in Berlin, in Hamburg, im Schwarzwald, in Hannover, im Sauerland, in Kassel, am Eibsee, in der Lüneburger Heide; aber ich komme auch immer wieder nach Frankfurt, und so schwanke ich zwischen Freundlichkeit und Negation. Da ich weiß, daß ich das Buch nie schreiben werde, werde ich bei meinen Deutschlandreisen jetzt immer wehmütig, wenn ich meine vielen herzlichen und zärtlichen Kapitel nur erlebe und in Gedanken formuliere.

So auch neulich in Kassel, wo ich mich an der großzügigen Pracht des Parks auf der Wilhelmshöhe erfreute, an der Repräsentation kurfürstlichen Selbstbewußtseins, an der geglückten Bewahrung und Erneuerung der Stadt, auch an Christine Brückner und ihre Schwester Ursula Sch., der Pädagogin par excellence.

Ich schätze Christine Brückner, deren ersten Roman ich als Jurymitglied preiskrönen half. Ich bin also mitschuldig daran, daß sie hauptberuflich Autorin wurde, und ich bin stolz darauf. Denn wenige gibt es heutzutage in unserem Manage-Age, die so selbstverständlich, gewissenhaft, unerschrocken, sauber, professionell und ohne Getue die vielfachen Obliegenheiten des Schriftstellers ausüben. Sie ist ein liebenswerter Anachronismus, ein tapferer Soldat des geschriebenen Wortes.

Ich hatte an jenem Nachmittag mein Kassel-Kapitel wieder einmal in Gedanken zu schreiben begonnen. Aber als ich mit Christine Brückner und ihrem Mann plauderte, schrieb ich bald in Gedanken ein anderes Kapitel aus meinem imaginären Deutschland-Buch: das Kapitel über die Deutschen. Da erzählte sie mir von ihrem nächsten Buch und fragte, ob ich ein Vorwort schreiben wollte. Nein, sagte ich, ein Nachwort.

Und so schreibe ich denn, stellvertretend für vieles ungesagte Gedachte, ein Fragment meines Kapitels über die Deutschen: Wir haben es nicht leicht mit ihnen. Aber sie haben es mit uns nicht minder schwer. Und das ist beides noch gar nichts dagegen, wie schwer sie es miteinander und vor allem mit sich haben.

Was uns betrifft, haben wir es um so schwerer mit ihnen, wenn wir der Generation angehören, die sich noch mit der Republik namens Deutschland auseinanderzusetzen hatte, und wenn wir Deutschland geliebt haben und das Trauma enttäuschter Liebe durch die folgenden Jahrzehnte zu tragen hatten. Wir dachten damals, daß Hitler das, was er tat, uns angetan hat, und übersehen, daß er es vor allem den Deutschen angetan hat.

Jeder Deutsche ist bis heute belastet durch die Hypothek, ein Volk, eine Nation, ein ehemaliges Reich, eine historische Situation zu repräsentieren. Er ist nicht in erster Linie er, sondern vor allem ein Deutscher. Dieses schwere Schicksal teilen die Deutschen mit den Negern und den Juden, deren einzelne immer wieder, bewußt oder unbewußt, für das Ganze verantwortlich gemacht werden. Und die Zustimmung kann da ebenso wehtun wie die Ablehnung.

Wer Sympathien mit Negern empfindet und ihre Feinde haßt, nickt dem unbekannten Neger, dem er begegnet, freundlich, fast aufmunternd zu und meint es gut und beleidigt ihn zugleich, denn der Neger weiß: Er kennt mich ja nicht. Er ahnt nichts von mir. Er behandelt mich wie einen Patienten oder ein Kind.

Ebenso sollte Herr Goldenstern oder Herr Pinkus beleidigt sein, wenn er seinen Namen nennt und das Gesicht des Gegenübers sich verklärt, als hätte er sich als Nobelpreisträger zu erkennen gegeben.

Und wird der Deutsche vom Nichtdeutschen angeschaut, meint dessen Blick: So, jetzt zeige mir, wie du bist und was du kannst und ob du deine Vergangenheit bewältigt hast, du Deutscher, du! – Er wird wider Willen zum Modellfall, zum Schulbeispiel, zum unfreiwilligen Botschafter.

Wenn die Pariser Studenten Hochschulen terrorisieren und Barrikaden bauen, sind sie Studenten. Wenn deutsche Studenten Hochschulen terrorisieren und Barrikaden bauen, sind sie die Deutschen. Wenn ein Wiener randaliert, ist er ein Flegel. Wenn ein Deutscher randaliert, ist er ein Deutscher. Wenn uns prekäre Mehrheitsverhältnisse im Parlament zu Rom irritieren, beklagen wir die Problematik der Demokratie. Begibt sich Gleiches zu Bonn, ist es die deutsche Misere.

Der unberechenbare und starrsinnige de Gaulle ist ein unbequemer Politiker, der unberechenbare und starrsinnige Adenauer ist ein unbequemer Deutscher. Warum werfen wir eigentlich keinem Italiener den Benito Mussolini, aber jedem zweiten Deutschen den Adolf Hitler vor?

Lernen wir einen Belgier kennen, denken wir nicht automatisch an Degrelle, lernen wir einen Schweizer kennen, denken wir nicht automatisch an Tobler, lernen wir einen Franzosen kennen, denken wir nicht automatisch an Poujade, lernen wir einen Österreicher kennen, denken wir nicht automatisch an Dollfuß, aber bei jedem neuen Deutschen denken wir an Hitler.

Und wenn man, wie ich, die deutsche Republik bis zum 29. Januar 1933 geliebt hat und noch im Jahre 1932 nahe dran war, von Wien nach Berlin zu übersiedeln, nimmt man dem Hotelportier in Braunschweig seine Ruppigkeit, dem Kölner Stubenmädchen ihre Schlampigkeit, dem Strandwärter in Travemünde seine Unverschämtheit so übel, wie man es dem oder der Geliebten übel nimmt, wenn sie uns, die wir doch so sehr an sie glaubten, bitter enttäuschen.

Wir, die wir unsere Erfahrungen und Erlebnisse von Berufs wegen formulieren und verbreiten, die wir damit zur Gestaltung der öffentlichen Meinung beitragen, wir Autoren und Journalisten, Kommentatoren und Registratoren, wir haben außerdem auch das Handikap, daß wir vorwiegend mit Kollegen, mit Verlegern und Redakteuren, mit Funk- und Fernseh-Menschen, Film-Leuten, Theater- und Show-Volk und anderen Spezialisten in Kontakt geraten. Sie sind ebensowenig Deutschland, wie New York Amerika ist. Der besagte Sektor ist überdies, Gott sei's geklagt, in Verwirrung und Unordnung: materialistisch, unsachlich, veräußerlicht, amerikanistisch, unsicher, wertfremd und treulos, und dies nicht nur in Deutschland; das Berufsethos droht, sich dem Stand der Automechaniker anzugleichen. Und gerade dieser Sektor formt entscheidend unser Deutschlandbild und begünstigt unperspektivische Verallgemeinerungen.

Natürlich kennen wir auch gute Deutsche. Bekanntlich hat ja auch jeder Nationalsozialist einen anständigen Juden und jeder Jude einen anständigen Nationalsozialisten gekannt. Aber über den Abgrund zwischen dem Einzelfall und der anonymen Menge führt keine Brücke. Und die Diskrepanz wird tragisch gesteigert durch die Tatsache, daß auch die Deutschen, mit denen wir befreundet und im guten Gespräch sind, sich in diesem Gespräch gern negativ und bedrückt über »die Deutschen« äußern.

Wenn man die Deutschen als George-Grosz-Figuren abwertet, vergißt man, daß auch George Grosz, der einen Typus kritisch verewigte, ein Deutscher war. Wenn man den Deutschen die KZ-Aufseher vorhält, vergißt man, daß die Gefolterten in den

Lagern auch Deutsche waren. (Und es ist während des Kriegs in französischen Lagern gleichfalls unmenschlich und selbst in britischen Lagern fürchterlich zugegangen.)

In Israel wurde das Ensemble des Berliner Schiller-Theaters angepöbelt, als es »Emilia Galotti« spielte, als ob heutige Berliner Schauspieler für Himmler und Streicher verantwortlich seien und als ob der Autor nicht den »Nathan« geschrieben hätte.

Deutschland, das ist gewiß nicht nur Lessing, Claudius, Fontane, Kleist, Büchner, aber auch sie sind Deutschland. Und auch der demokratischste Demokrat des literarischen Mitteleuropa, Günter Grass, ist, auch Ricarda Huch war Deutschland.

Deutschland ist vor allem aber die Summe und das Produkt der Millionen von einzelnen, deren einzige charakteristische Exemplare hier in diesem Band zu Buche stehen.

Wir sollten weniger danach fragen, ob und wie sie die Vergangenheit bewältigen, sondern ihnen zusehen, wie sie die Gegenwart bewältigen, wie sie sich, sofern sie ihm überhaupt jemals nah waren, nicht nur in der Dimension der Zeit vom Nationalsozialismus fortbewegen, wie hinter und über dem vielstrapazierten Wirtschaftswunder das Wunder der sehr selbstverständlichen (und eigentlich gar nicht so selbstverständlichen) Rückkehr in das Zivile zu rühmen ist, das millionenfach je einzelne Fertigwerden mit fast übermenschlicher Belastung.

Wer uns das einmal gesagt hätte: daß Deutsche mehrheitlich temperamentvoll gegen die Uniformen sein werden!

Überhaupt muß ich oft an meine Zukunftsgedanken in der Endphase des Kriegs denken, an meine Zuversicht, die damals allgemein als irr belächelt wurde. Ich habe unerschütterlich an die Deutschen geglaubt und mir dadurch vor dem Sommer 45 viele Feinde unter den Emigranten und nach dem Sommer 45 viele Feinde unter den Österreichern gemacht. Aber hätte selbst ich im Winter 44/45 ein Bild der Welt nach fünfundzwanzig Jahren zu entwerfen gehabt, hätte nicht einmal ich es gewagt, die heutige Bundesrepublik Deutschland zu träumen. Und gerade all das, was mich heute an Deutschland ärgert, ist – bedenke ich's verallgemeinernd – ein Bestandteil des Wunders: daß mich an Deutschland nur dies und nicht mehr und nicht anderes ärgert.

In Norwegen, in Holland, und nicht nur dort, ist immer noch der Kollektivhaß gegen alles Deutsche anzutreffen, und ich schäme mich für die Norweger und Holländer und auch für jene Deutschen, die diesen Haß als berechtigt ansehen. Sofern es eine

Kollektivschuld geben kann, haben nicht die Deutschen allein sie auf sich geladen, indem sie, wie man ihnen vorwirft, »nichts gegen Hitler getan« haben, sondern zum Beispiel auch jene Staaten, die ihre Mannschaften zu Hitlers Olympischen Spielen schickten und sein Regime dadurch aufwerteten, die mit Ribbentrop Verträge schlossen, die Hitlers Anhängern, aber nicht seinen Opfern Aufenthaltsbewilligungen gaben, mit einem Wort: die taten, was sie später den Deutschen verübelten: mit dem NS-Regime zusammenarbeiten.

Hitler ist nicht aus, sondern über Deutschland gekommen (er war übrigens, was spätestens in diesem Augenblick gesagt werden muß, nicht Christine Brückners, sondern mein Landsmann). Er hat schuldlose, kollektivschuldlose Einzelne heimgesucht, wie die hier aufgezeichneten, völlig authentischen Lebensläufe erweisen, und hat Kräfte freigemacht, die leider auch außerhalb Deutschlands als Möglichkeiten vorhanden sind.

Und wenn es in diesem Zusammenhang ein typisch Deutsches gibt, liegt es in der deutschen Bereitschaft, Folgen auf sich zu nehmen, deren Ursachen man nicht gesetzt hat.

Und da ich lebenslange Überlegungen hier derart kondensiere, möchte ich auf einmal der Christine Brückner das Nachwort kündigen und doch ein Deutschland-Buch schreiben, allerdings nicht über die Städte und Landschaften, sondern ein ganzes Buch über die Deutschen, mit vielen dem Leben nacherzählten Lebensläufen, die dartun sollen, daß von dem Unheil, das durch Deutsche in diesem Jahrhundert angerichtet wurde, eine sehr große Portion den Deutschen angetan wurde.

Aber dieses Buch schreibt ja schon die Kollegin Brückner. Nur hätte mein Buch eines vor dem ihren voraus: daß es auch ihren Lebenslauf enthielte, vielleicht auch den Lebenslauf ihrer Schwester, um ihn überall dort vorzuzeigen, wo es gegen »die Deutschen« geht.

Ich weiß, daß man sich nicht in die inneren Angelegenheiten anderer Staaten einmischen soll. Aber ich denke, daß man nicht nur die Welt, sondern ebenso auch die Deutschen mit den Deutschen aussöhnen sollte. Ich glaube, daß dieses Buch dem ersten wie dem zweiten Vorhaben bestens gerecht wird, und möchte gern namentlich zu dem zweiten Vorhaben hiermit ein wenig beigetragen haben.

Maria Enzersdorf am Gebirge (Niederösterreich), 1973 — *Hans Weigel*

P. S. Ich habe mein Deutschlandbuch doch geschrieben, es ist vor kurzem erschienen, und so muß ich der Christine Brückner noch einmal danken; denn dieses Nachwort war ein wesentlicher Schritt auf dem Weg zu meinem Buch.

1978 *H. W.*

Bitte beachten Sie
die folgenden Seiten

Hans Fallada

Der eiserne Gustav
Ullstein Buch 20761

Junger Herr –
ganz groß
Ullstein Buch 20792

Der ungeliebte Mann
Ullstein Buch 20875

Die Stunde, eh'
du schlafen gehst
Ullstein Buch 20918

Das Abenteuer
des Werner Quabs
Ullstein Buch 20953

ein Ullstein Buch

Otto Heinrich Kühner

Pummerer-Verse oder Vom Nutzen der Haaresbreiten
Ullstein Buch 20150

Nikolskoje
Ullstein Buch 20203

Die Übungspatrone
Ullstein Buch 26039

Wozu noch Gedichte?
Ullstein Buch 26089

24 Stunden deutsche Ortszeit
Rogner's Edition 38506

Der Pappkamerad und die Strohpuppe
Ullstein Buch 20841

ein Ullstein Buch

Ernst Jünger

Auf den Marmorklippen

Ullstein Buch 22947

ein Ullstein Buch

Was Jünger in diesem ungewöhnlichen Buch darstellt, ist der Zusammenbruch einer Kultur, jeder Kultur. Die Methode, die er dabei anwendet, ist dem Traum verwandt, einem Traum von außerordentlicher, visionärer Klarheit und Leuchtkraft, aber auch den verschiedenen Schichten des Traumes und seiner Verschmelzung symbolischer Bilder, seiner verwirrenden Vorspiegelungen, wirklicher zu sein als die tagwache Wirklichkeit.

Henry James

Bildnis einer Dame

Roman

Ullstein Buch 30121

Frau in der Literatur

In seinem Meisterroman hat Henry James eine der klassischen Frauengestalten der Weltliteratur geschaffen. Er erzählt die Schicksals- und Charaktergeschichte einer jungen kapriziösen Amerikanerin, Isabel Archer, die zum erstenmal nach Europa kommt und die finanzielle Unabhängigkeit, die sie einer unerwarteten Erbschaft verdankt, nutzen will, die »große Welt« zu erleben. In Florenz lernt sie Gilbert Osmond kennen, einen Amerikaner, der ihr all das zu verkörpern scheint, was ihre romantische Vorstellung von europäischer Kultur umschließt. Sie heiratet ihn und wird unglücklich mit ihm. Obwohl sie ihren Irrtum bald einsieht, bleibt sie bei ihrem Mann: Sie nimmt das Leid ihrer Ehe an und entsagt damit bewußt ihrem Traum von Selbstverwirklichung und Freiheit.

Barbara Noack

Geliebtes Scheusal
Ullstein Buch 20039

Die Zürcher Verlobung
Ullstein Buch 20042

Ein gewisser
Herr Ypsilon
Ullstein Buch 20043

Eines Knaben Phantasie
hat meistens schwarze
Knie
Ullstein Buch 20044

Valentine
heißt man nicht
Ullstein Buch 20045

Italienreise –
Liebe inbegriffen
Ullstein Buch 20046

Danziger
Liebesgeschichte
Ullstein Buch 20070

Was halten Sie
vom Mondschein?
Ullstein Buch 20087

ein Ullstein Buch

... und flogen achtkantig
aus dem Paradies
Ullstein Buch 20141

Auf einmal sind sie
keine Kinder mehr
Ullstein Buch 20164

Der Bastian
Ullstein Buch 20189

Flöhe hüten ist leichter
Ullstein Buch 20216

Ferien sind schöner
Ullstein Buch 20297

Eine Handvoll Glück
Ullstein Buch 20385

Drei sind einer zuviel
Ullstein Buch 20426

Das kommt davon,
wenn man verreist
Ullstein Buch 20501

So muß es wohl im
Paradies gewesen sein
Ullstein Buch 20641

Ein Stück vom Leben
Ullstein Buch 20716

Täglich dasselbe Theater
Ullstein Buch 20834

Der Zwillingsbruder
Ullstein Buch 22333